A garota das sapatilhas brancas

ANA BEATRIZ BRANDÃO

A garota das sapatilhas brancas

8ª edição

Rio de Janeiro-RJ / São Paulo-SP, 2022

VERUS EDITORA

Editora executiva
Raïssa Castro

Edição
Thiago Mlaker

Coordenação editorial
Ana Paula Gomes

Copidesque
Lígia Alves

Revisão
Raquel de Sena Rodrigues Tersi

Capa
Idée Arte e Comunicação

Projeto gráfico e diagramação
André S. Tavares da Silva

ISBN: 978-85-7686-616-9

Verus Editora Ltda.
Rua Benedicto Aristides Ribeiro, 41, Jd. Santa Genebra II, Campinas/SP, 13084-753
Fone/Fax: (19) 3249-0001 | www.veruseditora.com.br

CIP-BRASIL. CATALOGAÇÃO NA FONTE
SINDICATO NACIONAL DOS EDITORES DE LIVROS, RJ

B817g

Brandão, Ana Beatriz
A garota das sapatilhas brancas / Ana Beatriz Brandão. - 8. ed.
- Rio de Janeiro, RJ : Verus, 2022.
23 cm.

ISBN 978-85-7686-616-9

1. Ficção brasileira. 2. Ficção juvenil brasileira. I. Título.

17-42687 CDD: 869.3
CDU: 821.134.3(81)-3

Revisado conforme o novo acordo ortográfico

Para minha mãe
Obrigada por me ajudar a realizar os meus sonhos

Ninguém cruza o nosso caminho por acaso, e nós não entramos na vida de alguém sem nenhuma razão.

— Chico Xavier

Sumário

Prólogo

Daniel

Sempre achei engraçado o fato de as pessoas usarem a expressão "azul como o céu". Quer dizer... não é que seja mentira, mas será que elas se esquecem de que o céu na verdade muda de cor todo dia? Do azul para o laranja. Do laranja para o salmão. Do salmão para o roxo, depois para o azul-marinho, e para o laranja mais uma vez. Além da infinidade de tons entre cada uma dessas cores.

Não é que eu não compreendesse isso. É que me parecia estranho pensar que uma coisa importante possa ser encaixada em um adjetivo tão simplista. Eu podia estar enganado, mas nunca ouvi ninguém dizer que uma coisa é laranja como o céu.

Se olharmos um pouco mais a fundo, vamos perceber que isso lembra um pouco a forma como nós enxergamos as pessoas. Montanhas de sentimentos e características são ignoradas e, em um piscar de olhos, passam a ser resumidas em palavras fúteis ou estereotipadas. Alto ou baixo. Gordo ou magro. Branco ou negro. Bonito ou feio. Rico ou pobre. Doente ou saudável.

Isso não chega a ser completamente condenável, já que explicar que um objeto qualquer está bem ao lado da garota com uma grande habilidade artística e um bom coração ali no fim da rua não seria muito simples. Só que, a partir do momento em que alguns traços tão superficiais influenciam na maneira como as pessoas se relacionam, as coisas viravam de cabeça para baixo na minha mente.

Por que a aparência física de alguém influencia no que as pessoas pensam sobre ela? Ou melhor: por que o fato de uma pessoa ser pobre, portadora de alguma deficiência, ter a pele de uma cor ou outra, ter uma orientação sexual qualquer a torna inferior aos sujeitos considerados "normais" por esta sociedade de mente atrofiada? Eu não me lembrava de ter lido essas regras em lugar nenhum, nem de ter aprendido na escola.

Cada um de nós é tipo um quebra-cabeça, com muitas peças diferentes que se encaixam perfeitamente para formar a nossa essência. Uma pecinha dessas, ou uma característica, não exclui a outra. Nós precisamos de todas as partes para sermos completos. Você sabe que todo quebra-cabeça compõe uma imagem, e algumas imagens são mais agradáveis para uns do que para outros. E ponto-final. Ninguém é perfeito para todo mundo. Nem eu, nem você, nem os seus amigos, nem os meus.

Nem todos acreditam no que eu estou dizendo. A maioria acha que isso não passa de uma bobagem sem sentido. Se você é uma dessas pessoas, sinta-se à vontade para me chamar de politicamente correto, louco, lunático, idealista ou qualquer outro adjetivo que seja do seu agrado.

Mas tem uma coisa que você não pode negar de jeito nenhum, porque já foi provada e comprovada — e a prova se repete todo dia, mas nós cometemos o grande erro de esquecer:

O céu não é só azul.

E as pessoas não são só o que parecem ser.

Marco zero

30 DE NOVEMBRO

Melissa

As gotas de chuva batiam com força na janela. Todos no carro estavam em silêncio, o que era estranho, mas eu podia entender. Havia algo no ar. Uma tristeza compartilhada, estranha, que nos fazia apenas querer olhar através do vidro sem pronunciar uma palavra. Era exatamente isso que eu via refletido nos olhos azuis de Daniel. Coloquei a mão em seu rosto, fazendo com que olhasse para mim, e sorri de leve. Falei:

— É um "até logo", então.

Ele assentiu uma vez, beijando o meu cabelo demoradamente antes de voltar a olhar pelo vidro. Fechei os olhos, apoiando a cabeça em seu ombro, sentindo seu abraço quente e reconfortante. A música que tocava em volume baixo era sertaneja, o estilo preferido de Enzo, o que parecia um clichê de alguma forma, mas eu estava feliz. Estava com meus amigos, com Daniel, e tudo tinha dado certo.

Meu namorado deu um sobressalto no banco, e eu me afastei um pouco, confusa. Ele olhou para os lados, arregalando os olhos de leve. Seu rosto estava pálido. Disse, com a voz rouca e baixa, como se lhe faltasse ar:

— Tem algo errado.

E então, no mesmo segundo, o carro se iluminou com as luzes de um farol, e a última coisa que eu ouvi antes de tudo escurecer foi a buzina de um caminhão.

Lágrimas de sangue

DOIS ANOS ANTES

Helena

Sentados à mesa em silêncio, encarando os nossos pratos intocados do jantar, parecíamos estátuas de mármore melancólicas numa escultura de banquete. Ouvíamos Daniel no andar de cima, quebrando coisas e gritando de raiva e desespero.

Olhei para minha mãe e meu pai esperando alguma reação, e de repente um barulho mais forte. Ele devia ter quebrado um objeto bem grande. Não houve reação. Os dois continuaram inertes, perdidos.

Mais um grito e eu quase pude ouvir meu coração se partir em mil pedaços. O pior sentimento do mundo é o da impotência diante do sofrimento de uma pessoa que amamos.

Eu queria estar lá para consolar Daniel. Não... Para protegê-lo. No fundo o que eu queria mesmo era poder estar no lugar dele, sentindo aquela dor, aquela revolta. Mas não podia.

Quando ele deu o primeiro grito de desespero, eu tinha feito menção de correr para o seu quarto, mas minha mãe me impediu. Ele precisava de um tempo para respirar, assim como todos nós, mas... não me parecia certo simplesmente ficar ali escutando Daniel chorar como se o mundo dele tivesse acabado. De certa forma, tinha acabado mesmo.

— Perdi o apetite — minha mãe disse, se levantando de repente.

Eu a encarei enquanto ela nos dava as costas e se dirigia ao elevador que levava para o seu quarto. O meu pai a seguiu na cadeira de rodas motorizada, me deixando sozinha.

Fiquei ali por alguns segundos, olhando para o vazio, até que me levantei. Não aguentava mais ficar parada em silêncio enquanto meu irmão chorava no andar de cima. Ele era a alegria da casa. A nossa luz, que agora parecia prestes a se apagar.

Chutei uma das pernas da mesa, afastando-a alguns centímetros, e coloquei as mãos na cabeça enquanto sentia os olhos lacrimejarem. Se pudesse, eu também quebraria tudo o que via pela frente, mas ele tinha razões maiores. Para ele, era compreensível.

Dei alguns passos para trás e me encostei na parede, escorregando até me agachar no chão, como se de repente minhas pernas não suportassem mais o peso em meu coração. Um nó se formou na minha garganta e eu não consegui mais segurar o choro quando me lembrei do que ele tinha dito poucas semanas antes sobre o fato de nós sermos feito os três mosqueteiros, só que com um a menos.

Se havia uma pessoa naquela casa que merecia todas as coisas boas do mundo, era Daniel. E agora... agora eu havia descoberto que nem sempre ser bom e honesto nos salva da morte. Nada pode nos tornar imortais, e Daniel Oliveira Lobos havia se tornado a maior prova disso.

— Por que você? — questionei, tão baixo que duvidava de que alguém além de mim pudesse ouvir.

Por que ele, e eu não?

Parecia clichê dizer isso, mas era eu quem deveria estar no lugar dele desde o início. Daniel era o responsável por nos manter unidos, e eu, a causa da nossa separação. O que seria de nós sem ele? Não. Eu não queria nem imaginar. Não conseguia pensar em um mundo sem ele. Era como imaginar um arco-íris sem cor... Tudo se tornaria mais triste, mais frio. Ele não podia nos deixar. Não assim. Era cruel demais com alguém tão livre, tão cheio de vida. Tão jovem.

— Helena. — Ouvi alguém chamar. Era Silvia, uma de nossas empregadas mais antigas. — Helena, não fique assim. Tudo vai se resolver.

— Não, não vai — solucei, me colocando de pé mais uma vez. — Não vai, porque não existe cura para o que ele tem. O Daniel vai morrer, de fora para dentro, e nada vai impedir isso.

Ela colocou a mão no meu ombro, apertando-o carinhosamente enquanto eu tentava controlar as lágrimas. Só se afastou quando consegui me acalmar um pouco. Senti que, se eu desabafasse, talvez encontrasse um sentido para aquilo tudo, como se, com palavras, eu pudesse desafogar o meu coração.

— Não é justo. Ele é a melhor pessoa que eu conheço. O melhor irmão que alguém poderia querer ter. E agora nada disso importa mais.

— Claro que importa! — ela exclamou. — O Daniel ainda está vivo, Lena. Ele está aqui. Continua sendo o seu irmão mais velho e continua te amando tanto quanto antes. Nada disso vai mudar. Nunca. Só que agora vocês têm que aproveitar cada segundo em vez de lamentar pelo que está acontecendo. Ou você prefere que ele passe os próximos anos trancado no quarto, sofrendo porque a vida não foi justa, sem ter ninguém para ajudá-lo a passar por isso?

Eu a encarei em silêncio, incapaz de negar que ela estava com a razão. Silvia parecia ser a pessoa mais sã naquele momento. Até mais que a minha própria mãe, que era sempre quem trazia racionalidade e frieza ao analisar uma situação.

— Tudo bem — murmurei, suspirando. — Acho que... eu preciso...

— Eu sei — ela interrompeu, com um sorriso triste. — Vá lá mostrar a ele quanto você o ama, e que nada vai mudar isso.

Assenti, dando as costas para ela, e me dirigi, quase cambaleante, para a escada. Subi cada degrau lentamente, me dando um pouco mais de tempo para tentar me recompor e vestir um disfarce de força e coragem. Precisava mostrar a Daniel que eu era forte, e que ele podia confiar em mim. Se lhe faltasse força, eu lhe daria a minha, nem que tivesse que arrancá-la do meu peito e lhe entregar.

A cada passo meu, mais altos ficavam os gritos dele, e melhor eu podia ouvi-lo chorar. Era dor demais, muito mais do que eu sabia que poderia suportar, muito mais do que qualquer um merecia sentir.

Parei em frente à porta e coloquei a mão na maçaneta. Hesitei, sentindo toda a coragem que eu havia reunido durante minha caminhada até ali se esvair por completo. Mas eu precisava ser forte. Por ele.

Respirei fundo.

Entrei no quarto sem bater e encontrei Daniel encolhido no chão, em um canto, entre os destroços das coisas de que antes cuidava com tanto carinho. Estava com as mãos na cabeça, e seus ombros tremiam.

Caminhei até ele, hesitante, me sentando a seu lado em silêncio e abraçando os joelhos. Eu sabia que ele precisava de alguém por perto, mesmo que essa pessoa não dissesse nada. Era exatamente isso o que ele fazia quando eu estava triste: sentava perto de mim e ficava quieto por um tempo, depois me abraçava e dizia que tudo iria ficar bem. Só que eu não podia mentir para o meu irmão. As coisas não iriam ficar bem. Nunca mais.

Eu o puxei para perto, me sentindo pela primeira vez como a irmã mais velha. Nunca o tinha visto assim, tão frágil, tão destruído. Queria protegê-lo do mundo, evitar qualquer coisa que pudesse magoá-lo ainda mais.

Ficamos ali abraçados por um bom tempo. Tempo. De repente, essa palavra ganhou um significado diferente para nós dois. A doença do papai já tinha nos ensinado quanto o tempo é precioso, mas agora, com Daniel em meus braços, com a sentença de morte pairando sobre a cabeça dele como uma espada prestes a desabar, eu quase podia sentir o passar de cada segundo à nossa frente. O tempo se esgotando e tirando um pouco mais, a cada tique-taque, a presença do meu irmão.

— Tudo vai ficar bem — ele disse, finalmente. — Nós vamos superar isso. Eu prometo.

Balancei a cabeça. Por que era Daniel quem estava tentando me acalmar, e não o contrário? Por que ele tinha que tentar parecer o forte em todas as situações?

— Nós somos os dois mosqueteiros, não somos? — continuou, o que me fez sorrir em meio às lágrimas.

— Você tem que parar de fazer isso — falei, apertando-o mais contra mim. — É a minha vez de cuidar de você.

Passei os dedos no seu cabelo quando ele apoiou a cabeça no meu joelho, encarando o quarto destruído. Sussurrei, sentindo que essa era a frase que eu mais deveria repetir enquanto ainda tínhamos tempo:

— Eu amo você, maninho. Sempre vou amar.

— Isso é uma coisa que a gente não ouve todo dia — brincou, mas, em vez de me fazer rir, só conseguiu me fazer chorar de novo.

Pelo amor de Deus. Por que precisava ser ele? Por que *sempre* tinha que ser ele?

— Você sabe que eu vou ficar do seu lado pro que der e vier, não sabe? — perguntei, baixinho. — E que, não importa o que aconteça, eu nunca vou esquecer de você. Nunca.

Quando me preparei para um longo discurso sobre quanto eu o amava e quanto sentiria sua falta, ele me abraçou, me apertando forte contra si e passando as mãos pelas minhas costas. Eu estava perdendo o controle. Ser a mais velha não era mesmo a minha vocação.

— Não vamos começar a nos despedir, por favor. — Seu tom foi suave e gentil. — Eu ainda estou vivo, e ainda estou aqui. Ninguém sabe quanto tempo eu tenho, mas com certeza eu não vou morrer no próximo minuto, então não vamos acabar com a minha vida antes que ela chegue ao fim. — Fez uma pausa. — Além disso, pode ser que eu ainda viva muito tempo. Pode ser que eu fique que nem o nosso pai, e tenha filhos lindos e uma família boa. Isso é só um obstáculo a ser superado. Um obstáculo horrível, o pior que poderia existir, mas não vai me impedir de continuar vivendo. Não ainda, e vai ser assim por muito tempo.

No fim, o que eu tinha planejado foi por água abaixo. Eu tinha ido até o seu quarto para lhe dar força, mas o fato é que Daniel agora estava bem, ou parecia querer ficar bem, e eu não conseguia parar de chorar. Eu queria ficar ali, abraçada ao meu irmão. Quem sabe assim eu poderia salvar sua vida e impedi-lo de desaparecer aos poucos, vendo seu próprio corpo morrer enquanto a mente continuava intacta. Preso dentro de si mesmo.

Era o pior castigo do mundo. Para ele, para mim e para todos que conheciam Daniel Oliveira Lobos.

Só que, apesar de toda a dor e todo o sofrimento que aquela doença trazia, em uma coisa meu irmão tinha razão: nós não podíamos nos despedir agora. Tínhamos que deixá-lo viver enquanto ainda podia, e eu sabia que nada iria impedi-lo, até decidir que já havia vivido o suficiente.

A proposta

NOVE MESES ANTES

Daniel

— Ok... Tem mais coisa do que eu imaginava. E é uma surpresa também.

Melissa tinha acabado de me contar sua vida e como havia chegado até ali. Falou sobre a morte do pai antes de ela nascer e como seu relacionamento com a mãe era conturbado. Ela vivia praticamente sozinha desde criança, já que sua mãe, Regina — esse era o nome dela —, vivia trabalhando e viajando para ajudar os outros e quem sabe assim esquecer a própria dor. Esse ponto fez com que eu me identificasse um pouco com a mãe da Mel. Mas ela não se dava conta da dor que causava na própria filha, e, quando Melissa falou desse ponto específico, pude sentir que algo mais havia acontecido. Algo em seu olhar perdido e na dor que inundou sua voz me fez sentir uma vontade enorme de abraçá-la e protegê-la de todo o sofrimento que aquelas lembranças causavam. Claro que me contive; ela teria me dado um soco e saído correndo, achando que eu era um tarado ou algo parecido.

Nossa! Eu sabia que a garota devia ter passado por muitas situações para se tornar a pessoa que era, mas... não pensei que ela fosse chegar a me confessar todas elas. E, com certeza, não desconfiava da gravidade do problema. Havia mais ali do que qualquer um poderia supor, e com certeza ainda restavam algumas coisas. Mas, só de saber que ela havia aberto um pouco de sua vida para mim, eu já ficava extremamente feliz.

O problema era que eu não sabia como reagir nem o que dizer. Não ainda. Tinha sido pego de surpresa, e qualquer coisa que passava pela minha cabeça pareceria bem idiota, se eu dissesse em voz alta. Eu deveria dizer que sentia muito pelo pai dela? Ou confessar o que pensava sobre a situação com a sua mãe? Não. Ainda não tínhamos essa intimidade, certo?

— Mas uma coisa eu tenho que dizer — continuei, e ela se voltou para mim. Assim que aqueles olhos castanho-escuros focaram meu rosto, me encarando como se esperassem que eu desse a fórmula para sua salvação, qualquer coisa que eu planejava dizer se esvaiu da minha mente, e o que saiu foi: — Fico feliz por não ser o único com problemas com bicicletas. Eu sou péssimo nisso!

Pela forma como ela se levantou, boquiaberta e visivelmente irritada, acho que não gostou muito do meu comentário. Mas é óbvio que não gostaria! Eu tinha acabado de dizer a coisa mais idiota possível! Por Deus... E eu pensava que tinha jeito com as pessoas... Tudo bem que Melissa não ajudava muito, com aquele gênio forte, mas eu poderia ter tentado encontrar algo melhor!

Eu precisava consertar aquilo, então me levantei e fui até ela antes que tivesse a chance de se afastar muito, me colocando em seu caminho.

— Desculpa! Desculpa! — falei. — Eu não devia ter dito aquilo de primeira. Desculpa.

Ela me fuzilou com o olhar, não muito convencida. Não eram aquelas palavras que a fariam esquecer a tremenda mancada que eu tinha dado (ainda mais em se tratando de Melissa), mas isso não significava que eu tinha que perder a esperança. Ela ainda estava ali, e isso era um ótimo sinal.

— Qual é o plano milagroso, dr. Daniel? Tem algum em mente ou meu caso é difícil demais pra ser resolvido? — perguntou, levantando uma sobrancelha, no tom irônico que eu passara a conhecer cada vez melhor.

— Tenho algo em mente, sim — respondi, abrindo o maior sorriso que consegui. Se ela estava brincando, não estava tão brava assim. — Mas isso não quer dizer que eu vou te contar qual é. Se eu contar, não tem graça.

Para ser bem sincero, aquilo era uma mentira das grandes. Eu estava totalmente perdido, não tinha ideia de como ajudá-la, mas isso não significava que não podia tentar. Só precisava passar confiança. E alguns momentos para pensar no que fazer cairiam muito bem também.

— Ah, nã... — ela começou, certamente não gostando muito da surpresa.

— Ah, ah, ah! — interrompi, colocando um dedo na frente de seus lábios, impedindo-a de continuar. — Você escolheu confiar em mim, não foi? Então deve fazer tudo o que eu pedir.

— Começando pelo quê? — perguntou, cruzando os braços, ainda um pouco descrente.

Não pude deixar de notar os pensamentos maliciosos que se passaram pela minha cabeça naquele momento. Considerando o contexto do nosso diálogo nos últimos dez segundos, qualquer uma daquelas ideias cairiam muito bem para o lado humorístico da coisa, e, se eu dissesse isso a ela, talvez conseguisse um sorriso. Mas, se eu havia aprendido algo com Melissa naquele tempo que passamos juntos, era que ela detestava enrolação.

— Você vai ficar comigo — respondi, e só quando fechei a boca percebi que segui com meu plano inconscientemente. E, só para constar, não consegui tirar sorriso algum dela. — Não nesse sentido. Estou querendo dizer que você vai ser a minha sombra no próximo semestre — continuei, apressado.

— Semestre?!

— Me deixa terminar. Isso, um semestre. Você vai comigo aonde eu for, e vai andar com quem eu andar. Isso vai te ajudar a enxergar que a vida não é só o que você acha que ela é. Se você não vir nenhum resultado dentro do próximo mês, te libero do acordo. Ok?

Pois é... eu estava improvisando. Uma improvisação muito boa, por sinal. Se eu parasse para pensar um pouco, até que poderia dar certo. Havia muitas coisas que eu poderia mostrar a ela que mudariam totalmente a maneira como ela enxergava a vida. É. Parabéns, Daniel. Você teve uma ótima ideia.

— Eu tenho mais o que fazer — Melissa retrucou, antes que eu tivesse a chance de inflar um pouco mais o meu ego pensando que havia sido um bom plano.

Ela voltou a se afastar, e algo estranho se revirou dentro de mim. Um misto de desespero e mais alguma coisa que eu não soube identificar muito bem me fez ir atrás dela, disposto a negociar.

Eu não podia deixá-la ir embora assim. Não depois de tudo o que ela havia me contado. Aquele plano podia, sim, dar certo, mas precisava de uma chance.

— Espera! Espera! — pedi, indo atrás dela. — Me dá dois meses, então! Só dois meses do seu tempo. No final, você me leva para onde quiser. Pode jogar na minha cara que nada do que eu fiz deu certo e me mostrar como a sua vida é legal e a minha é uma merda. Pode jogar ovo em mim, tirar foto e postar onde quiser. E se quiser pode me marcar! Mas... por favor. Dois meses. — Pelo jeito como Melissa escondeu o rosto, totalmente de costas para mim, acho que ela gostou um pouco da ideia. Só não queria demonstrar. — E eu te dou tempo pra ensaiar. Te trago de volta seis horas em ponto. Todo dia.

— Acho que não. Obrigada mesmo.

Eu sabia muito bem qual era o jogo dela e tinha prática com aquilo. Minha irmã, cinco anos mais nova que eu, tinha um talento nato para descobrir segredos. Tive que lidar a vida inteira com suas chantagens para conseguir o que queria. Negociação era algo que eu conhecia bem, por isso chutei alto e pedi mais do que sabia que ela aceitaria e mais do que precisava. Assim, quando pedisse o necessário, Melissa pensaria que havia ganhado de mim e fecharia o acordo.

— Cinco! Cinco horas! É a minha última proposta — acrescentei.

Ela parou de andar, ainda escondendo o rosto, e foi ali que eu soube, antes mesmo que ela abrisse a boca, que aceitaria minha proposta.

Melissa só se voltou para mim depois de alguns segundos, com uma expressão séria e severa, certamente tentando esconder a satisfação.

— Me parece bem confiante em seu plano — comentou. — Você acha que pode mudar o significado da minha vida em apenas dois meses?

— Eu tenho certeza disso — respondi, me aproximando dela. — Certeza absoluta. Então... fechado? — Estendi a mão para ela, sentindo um entusiasmo que havia tempos não sentia.

— Fechado.

Quando ela apertou minha mão, selando nosso acordo, eu soube que conseguiria. Nunca tive tanta certeza de algo na vida, como se de repente tudo fizesse sentido. Posso ter parecido um louco naquele momento, afinal nos conhecíamos fazia tão pouco tempo. Mas a cada encontro com Melissa eu sentia como se estivéssemos destinados a nos encontrar naquela noite de Ano-Novo. Como se o universo tivesse conspirado para nos levar até aquele momento. Um acordo selado, e de alguma forma eu sabia: nossa vida nunca mais seria a mesma. Um traço imaginário tinha sido riscado com aquele aperto de mãos, e ele dividiria nossa vida em antes e depois. Eu estava ansioso para saber o que o depois nos reservava.

Como um eco

SEIS MESES ANTES

Daniel

Eu podia ouvir a voz dela, alta e clara como sempre, mas, pela primeira vez, não conseguia entendê-la. Era como se as palavras tivessem um significado completamente diferente do que sempre tiveram, e apenas aquelas que passavam como um raio pela minha mente fizessem sentido.

Nós estávamos discutindo, embora eu não tivesse ido até ali para isso. Eu queria dar a ela a atenção que merecia depois de tanto tempo, mesmo sabendo que tínhamos poucas semanas para ficar juntos, e que depois eu talvez nunca mais fosse vê-la. Só que Melissa estava esperando muito mais do que eu podia dar. O meu pai havia morrido, e uma parte de mim tinha ido embora com ele.

O mais chocante tinha sido o fato de George ter morrido da mesma doença da qual eu morreria um dia. A imagem dele naquele caixão me assombrava, não só por causa da saudade imensa que eu sentia, mas também pelo terrível prenúncio do futuro que me esperava. A cada novo sintoma que aparecia, mais a imagem me atormentava. Às vezes era o meu pai que eu via dentro do caixão, às vezes era eu mesmo. Com esse tormento, minha memória trazia de volta a dor e o sofrimento da minha mãe e da minha irmã no velório. As lágrimas das duas eram como punhais no meu peito, e a ideia de que eu provocaria a mesma dor nelas, e em Melissa, me fazia quase enlouquecer.

Dia após dia o controle sobre meu corpo me escapava. A cada movimento perdido, mesmo que por um milésimo de segundo, mais próximo da morte eu me sentia. As câimbras, um dos sintomas da doença, haviam se tornado cada vez mais frequentes, causando dores quase insuportáveis, que me tiravam do eixo frágil em que eu tentava me manter para não perder a já pouca vontade de lutar pela vida. Eu não tinha medo da morte. Na verdade, depois que descobri que era portador de ELA, algumas vezes desejei que ela viesse. Várias vezes me imaginei tendo um ataque cardíaco fulminante, já que esperar o meu coração parar antes de qualquer parte do corpo deixar de cumprir sua função me parecia bem mais reconfortante. Ainda mais agora, quando eu não conseguia mover os dedos e as mãos como queria. Por que eu não consegui segurar aquele maldito copo de chá?!

— Deixa isso pra lá. A Vera pode limpar depois — ouvi Melissa dizer enquanto eu me ajoelhava no chão.

Eu não tinha conseguido mover os dedos. Por quê? Por que eles haviam falhado?! Por que tão rápido? Pisquei algumas vezes, começando a catar os cacos de vidro. Os dedos haviam voltado ao normal, mas eu jurava que haviam parado antes. Por um segundo eu tinha perdido o controle.

— Não. Eu limpo — murmurei, finalmente encontrando uma forma de pronunciar aquelas palavras.

Coloquei os cacos em cima do criado-mudo e tirei o cachecol do pescoço, passando a esfregá-lo no chão apressada e repetitivamente, na esperança de limpar a bagunça. O problema era que o tecido não tinha sido feito para aquilo e não absorvia nada do líquido. Na verdade, o chá agora estava ainda mais espalhado pelo chão.

Melissa se ajoelhou a meu lado, segurando minhas mãos, o que fez meu coração acelerar e o desespero invadir ainda mais meu peito. Não. Ela não podia me impedir de tentar. Eu precisava ter a certeza de que ainda conseguia controlar as mãos. Ainda podia mexê-las. Mas por que elas haviam falhado? Eu imaginei isso? E por que eu não conseguia respirar? Parecia não haver oxigênio suficiente no ar. Merda!

Ela segurou meu rosto, virando-o para o dela, e, mais uma vez, tudo o que eu pude ver foi o sofrimento da minha mãe com a morte do meu pai. Eu não queria que Melissa sofresse. Ainda mais agora, quando eu tinha conseguido ultrapassar a barreira que ela tinha levantado ao redor de si mesma. Ela estava tão exposta... Eu não podia machucá-la. Eu não suportaria vê-la se fechar para o mundo novamente. A negligência de sua mãe, a perda do pai, a violência sexual que ela sofrera na adolescência, a agressão de Pedro... Foram tantas coisas ruins que eu não sei se suportaria, se tivessem acontecido comigo. Todos sempre a decepcionavam, a julgavam, sem procurar entender os motivos que a levaram a se fechar dentro de si e a vestir aquela armadura de menina má. No fundo, ela só queria manter as pessoas longe do seu coração, para quem sabe assim não sofrer ainda mais. Eu não podia ser mais um a desapontá-la, mas, agora que minha doença tinha dado os primeiros sinais mais visíveis, eu me sentia perdido e sem saber o que fazer. Melissa ainda não sabia sobre a ELA, e a única coisa da qual eu tinha certeza era que ela não podia saber. Seria melhor. Em algumas semanas ela iria embora, seguiria o seu sonho e eu seria só uma lembrança. Seria melhor assim. Mas que porra! Eu não conseguia limpar a droga do chá derramado!

— Deixa, Dani. Tudo bem! — ela sussurrou.

— Não. — Balancei a cabeça. — Não, eu... eu posso limpar. Eu vou limpar. Está tudo sob controle.

Pelo menos era disso que eu tentava me convencer.

Ela tinha que me deixar terminar aquilo. Tinha que me deixar saber que eu ainda conseguia. Pelo amor de Deus. Eu precisava pensar, colocar as ideias em ordem e decidir o que fazer.

Nossa situação era insustentável. Não ajudava nem um pouco saber que, nas semanas seguintes, enquanto estivéssemos juntos, eu só conseguiria pensar em quanto desejava que ela fosse embora antes de me ver definhar. Eu não podia dar atenção a ela. Não estava pronto ainda. Mas precisava estar. *Precisava*. Precisava me controlar. Eu precisava dela.

Só que eu não conseguia me controlar.

Conseguia, sim.

Minhas mãos haviam falhado, e ela estava falando comigo. O que ela estava dizendo?

Eu precisava limpar.

Precisava voltar a ser quem eu era antes.

— Dani...

— Me deixa em paz! — berrei, me levantando de repente e colocando as mãos na cabeça. — Pelo amor de Deus! Você só consegue me cobrar, mandar e ordenar! E nunca fica contente com nada que eu faço! O que você quer de mim, Melissa?!

Por que eu estava gritando com ela? Melissa estava tentando me acalmar, e não brigando comigo. Foi só depois de ter fechado a boca que notei que, na verdade, estava dizendo aquelas palavras para mim mesmo.

Não. Eu não podia vê-la com os olhos cheios de lágrimas mais uma vez por minha causa. Estava tão cansado de magoá-la... tão cansado... A última coisa que eu queria naquele mundo era deixá-la triste por algo que ela ignorava completamente, mas era melhor que ela continuasse sem saber. Assim que ela entrasse no avião, tudo estaria acabado, e ela não precisaria viver presa a ninguém... presa a mim.

— Eu quero o garoto pelo qual eu me apaixonei! — ela respondeu, aos gritos. — Porque ele nunca seria capaz de gritar comigo ou de me olhar como se eu não estivesse aqui! Ele nunca seria capaz de me ignorar como se eu simplesmente não existisse, assim como você tem feito durante essas últimas semanas!

Acho que não havia palavras para descrever melhor o que eu estava sentindo. Ela não sabia, mas eu não era mais eu mesmo. Nunca voltaria a ser, e começava a me odiar por isso.

Não que eu nunca tivesse sentido culpa na vida, mas daquela vez era diferente. Estava partindo o coração da garota que eu amava, mas em minha mente só passava uma coisa: eu só tinha que esperar mais algumas semanas. Semanas insuportáveis, repletas de contagens regressivas e despedidas que eu não queria que tomassem o nosso tempo, mas que sabia que seriam inevitáveis.

— Nós só temos duas semanas, Daniel — ela continuou, dessa vez falando bem mais baixo, com a voz falha por causa do choro que ameaçava cair. — E tudo o que eu quero, tudo o que estou pedindo, é que você fique comigo enquanto ainda nos resta tempo. Quando eu digo pra ficar comigo, não é só deixar implícito pra todo mundo que nós estamos juntos, mas me fazer companhia. Falar comigo. — Balançou a cabeça. — Não quero ir embora. Não sem você e não depois de tudo o que aconteceu, mas...

— Mas você precisa — interrompi, no tom firme que eu sabia que precisava usar. — Vai seguir o seu sonho. Eu não quero atrapalhar nada disso. — E era verdade.

— Não é isso que eu estou querendo dizer — ela murmurou.

Eu sabia muito bem que não era isso. Ela não queria se livrar de mim, e sim aproveitar as semanas que tínhamos pela frente, mas seria o certo a fazer? Será que seria o melhor? Quem sabe Melissa sofresse menos se tudo terminasse naquele momento e ela não tivesse que esperar por alguém que não conseguia mais estar cem por cento presente, mesmo estando a seu lado. Porque era isso o que ela merecia... mas estava fora do meu alcance.

— Mas é o que *eu* estou querendo dizer — falei, no tom mais controlado que consegui. Eu não queria pronunciar nenhuma das palavras que viriam a seguir, mas sabia que seriam necessárias se eu queria o melhor para ela. — Você vai de qualquer jeito, e eu vou ficar aqui. Nunca daria certo, então por que continuar com isso?

Melissa recuou alguns passos. Naqueles poucos segundos em que ela não soube como reagir às minhas palavras, tudo o que eu quis fazer foi abraçá-la e dizer que tudo aquilo era mentira. Eu queria dizer que a amava antes de ter a chance de deixar aquelas lágrimas caírem, e prometer que tudo ficaria bem. Só que eu não podia. Era um caminho sem volta. Era eu ou ela, e, assim como em todas as ocasiões, eu preferia afundar sozinho a puxá-la para baixo comigo.

Foi quando a confusão, a mágoa e a raiva inundaram sua expressão que eu soube que havia terminado. Não a briga, mas qualquer esperança de Melissa em uma possível volta.

— Foi só uma aposta, não foi? — ela perguntou.

— Eu não sei do que... — comecei. Aposta? Que aposta?

— Entre você e as suas aberrações! — retrucou, e não parecia explicar a teoria a mim, mas a si mesma. — Como eu pude ser tão idiota? É tão óbvio! Você e as suas aberraçõezinhas apostaram que você conseguiria levar a garota mais popular da faculdade pra cama. Queriam provar alguma coisa pro mundo? Queriam provar que eu era idiota? Bom, conseguiram.

Melissa bateu palmas, caminhando em direção à porta e dando as costas para mim. Fiquei parado de pé no meio do quarto, completamente confuso, arrasado por ouvir aquelas palavras cuspidas com um misto de raiva e dor.

— Parabéns — ela continuou, abrindo a porta. — Agora pode ir correndo contar pra todo mundo.

Era nisso que ela acreditava, então? Que tudo o que tinha acontecido foi por causa de uma aposta? Depois de tudo o que nós tínhamos vivido, era isso o que pensava de mim? Seria possível que ela não visse como eu a amava, que seria incapaz de fazer qualquer coisa que a magoasse?

— Você acha mesmo que eu seria capaz de uma coisa dessas, Melissa? Você, dentre todas as pessoas, acha que eu faria isso com alguém? — perguntei, fazendo o que podia para que ela não visse as lágrimas encherem meus olhos.

— Vai embora.

Ela sabia. Sabia que estava errada e que a questão não era aquela, mas era nisso que preferia acreditar. Mas por quê? Para que estragar todas aquelas lembranças de forma tão bruta e suja, como se eu tivesse feito algum tipo de aposta para usá-la como um objeto?

— Vai embora, Daniel — repetiu, olhando para qualquer coisa que não fosse eu, quando percebeu que não me movi um centímetro.

Eu não podia deixá-la assim. Sabia que a pior coisa para ela seria saber que havia se deixado usar mais uma vez, e que toda a confiança em mim tinha sido fruto de outro engano. Aquela não era a verdade, e nunca tinha sido. Eu a amava mais do que tudo, e a última coisa de que precisava era partir seu coração daquela forma, mesmo que não houvesse chance alguma de ficarmos juntos no final.

— Mel, eu... — tentei.

— O quê?! Você já conseguiu o que queria de mim! Não foi o suficiente?! — berrou. — SAI DAQUI AGORA! E nunca mais ouse falar comigo, seu covarde!

Antes que ela visse as lágrimas escorrendo pelas minhas bochechas, saí do quarto. Estava feito. Ela não queria me ouvir, e não havia nada que pudesse fazê-la mudar de ideia. Precisava de um tempo, e eu também.

Desci a escada até o primeiro andar o mais rápido que pude e bati a porta com força ao sair da casa, me encostando nela logo em seguida, escorregando até estar sentado no chão, sem conseguir dar mais um passo sequer.

Entrelacei os dedos com força sobre a cabeça, sem dar a mínima para o fato de estar na frente da casa dela, encostado na sua porta, sabendo que Melissa provavelmente fazia a mesma coisa em seu quarto. Com certeza eu não queria que tivesse sido daquele jeito. Ela não merecia que eu partisse seu coração assim, mas o que ela não sabia era que o meu também estava partido. Vê-la chorar me machucava mais do que qualquer coisa, mas eu não tinha culpa do que vinha acontecendo naquelas semanas. Desde o início eu tinha feito de tudo para deixá-la feliz, mas agora só conseguia fazer o oposto. Eu até me perguntava se não teria sido melhor tê-la deixado em paz quando ela me pediu isso pela primeira vez. Mas agora era tarde, não havia mais volta. Tudo estava acabado. E eu só podia desejar que ela fosse feliz. E que eu conseguisse seguir com a minha vida sem magoar mais ninguém que eu amava.

Até o infinito

UM ANO E ONZE MESES ANTES

Daniel

Janeiro. Um dos meus meses preferidos, devo dizer. O início de mais um ano, e uma nova chance de recomeçar.

Eu lembro exatamente o que fiz no primeiro dia daquele ano: dirigi sem rumo por horas e horas, do nascer do sol ao momento em que ele se pôs. Eu gostava de fazer isso. Dirigir sem rumo, sem me preocupar com o caminho a seguir e, ao mesmo tempo, sabendo que poderia mudar de direção no momento em que quisesse. Isso me dava a sensação de liberdade, de controle do meu destino. Durante aquelas horas, eu dirigia sempre rumo ao norte, sem pensar, pelo menos por alguns momentos, no que havia deixado para trás.

— Dani — minha irmã chamou, algum momento depois da quarta hora de viagem.

Era a primeira vez que eu trazia alguém comigo. Geralmente ficava sozinho, com o celular e o rádio desligados, me concentrando apenas no caminho, imerso em pensamentos.

— Quanto tempo mais isso vai levar? — perguntou, o que me fez sorrir.

— Não acredito que você não esteja curtindo — brinquei. — Ainda nem é meio-dia!

— Você sabe que isso não é pra mim — falou, entediada. — Você é o único maluco da face da Terra que gosta desses passeios estranhos.

Balancei a cabeça, voltando a olhar para a frente. Talvez eu não fosse o único maluco da face da Terra que gostava, mas com certeza era o mais bonito. Pelo menos era o que eu costumava responder quando alguém me dizia isso.

— Não fui eu que te chamei pra me acompanhar — retruquei, beliscando de leve sua bochecha.

— Eu não queria te deixar sozinho — murmurou, olhando para fora, num tom um pouco triste demais para o meu gosto.

Desde que tínhamos descoberto a minha "fraqueza", duas semanas antes, ela não saía mais do meu lado. Não queria me deixar ir sozinho nem até o mercado da esquina. Apesar de a minha irmã ser uma das pessoas que eu mais amava no mundo, era um pouco desconcertante tê-la grudada em mim o tempo todo. Meu pai dizia que logo passaria, e que eu também tinha agido assim quando ele me contou sobre a ELA, mas era diferente. As crianças esquecem. Os adultos, não.

— A Diana tem perguntado sobre você — Helena comentou. — Disse que está preocupada.

— Quem não está? — ironizei.

— Eu tô falando sério, Dani. Ela disse que você não está respondendo às mensagens dela.

— Eu precisava de um tempo.

Eu costumava me isolar sempre que algo de ruim acontecia na minha vida, para evitar que as pessoas me vissem sofrer. Esse era um dos meus inúmeros defeitos. Eu me fechava dentro de mim, até conseguir disfarçar a dor, escondê-la na música e atrás do melhor sorriso que eu pudesse dar.

Minha mãe costumava dizer que nenhuma dor pode ser curada sem a ajuda das pessoas que nos amam. O sofrimento não é de todo ruim — ele serve para nos fortalecer, provoca cicatrizes em nosso coração que nos lembram como somos fortes e capazes de nos reerguer depois de cada tombo. Mas não devemos achar que podemos superar tudo sozinhos, e sim compartilhar nossa dor e nossos medos com as pessoas que nos amam. Segundo ela, o amor cura qualquer dor.

Eu juro que estava realmente tentando mudar esse meu jeito, mas não era nada fácil para mim me mostrar frágil, ainda mais agora. Eu queria que se lembrassem do Daniel feliz, e não do depressivo e chorão em que eu tinha me transformado nas últimas semanas.

— Acho que ela vai pedir pra voltar — falou, num tom tendencioso que eu conhecia bem.

— Nem começa — pedi. — Já faz dois anos. Não rola mais nada entre a gente. Eu amo a Diana, mas como amiga, nada mais do que isso. E eu sei que ela não voltaria por amor... Seria pena, e tá aí uma coisa que eu não preciso: que sintam pena de mim.

— Mas você não iria gostar? Nem um pouquinho? — provocou.

— Não — respondi, e era verdade. — Um relacionamento, pra dar certo, tem que se basear no amor, na cumplicidade e no... bem... você sabe. — Dei uma piscadinha. — E nós não sentimos nada disso. Pelo menos não tudo isso. Se ela viesse com o papo de voltarmos, eu a lembraria de que nós terminamos justamente por termos chegarmos à conclusão de que não passávamos de bons amigos.

Helena ficou me encarando com os olhos semicerrados e o mesmo sorriso de antes. Esperava que eu ficasse vermelho ou sem graça, mas não havia por quê. Não dessa vez.

Eu conhecia Diana desde que me entendia por gente. Ela nascera com uma deficiência auditiva que a impedia de ouvir qualquer coisa. Conseguiu aprender a falar e se comunicava muito bem com quem não sabia linguagem de sinais. Também aprendeu leitura labial, mas não era muito boa nisso e muitas vezes precisava pedir que a pessoa repetisse devagar o que tinha falado. De qualquer maneira, isso ajudava muito na comunicação com outras pessoas.

Foi por causa da nossa amizade que eu fiz o curso de libras. Mesmo não precisando disso para me comunicar com ela, aprendi a linguagem de sinais, mas aquilo não foi suficiente para nós dois. Crianças imaginativas que éramos, inventamos novos gestos, criando um código só nosso. Ninguém nos entendia, então podíamos contar segredos ou piadas um para o outro sem que os outros soubessem. Isso nos aproximou ainda mais.

Quando tínhamos quinze anos, as coisas começaram a mudar. Havíamos crescido, já entendíamos como funcionava toda aquela coisa de amor e sabíamos muito bem o que acontecia quando "um adolescente é muito próximo de outro adolescente e os dois se gostam muito". Aí, começamos a namorar. Durou bastante, mais do que eu pensei que duraria, devo admitir. Ficamos juntos por dois anos, até percebermos que não éramos mais que bons amigos que confundiram as coisas. Na verdade, tenho certeza de que percebemos bem antes que o sentimento que nos mantinha juntos não era amor, mas acho que toda a pressão ao nosso redor e o fato de termos medo de estragar a nossa amizade nos deixaram com mais medo de acabar com tudo de uma vez.

Segundo Helena, Diana nunca concordara com o meu raciocínio, mas, como diz o famoso ditado, quando um não quer...

— Quando é que você vai arranjar alguém, então? — minha irmã continuou o interrogatório. — Falta de opção com certeza não é o problema. Noventa por cento das meninas da faculdade querem ficar com você.

— Não chega a noventa — brinquei. — Talvez oitenta e nove por cento.

— Você é muito modesto, né? Idiota! Tô falando sério. Você precisa arrumar alguém.

— O que você tem? Por que está tão obcecada em me arranjar uma namorada?

— Eu só não entendo qual é o problema — respondeu, dando de ombros.

— Eu acabei de descobrir que tenho esclerose lateral amiotrófica familiar. Esse é o problema.

Depois disso, ficamos em silêncio por mais meia hora. Não era um assunto agradável, mas, se não falasse em voz alta, eu nunca conseguiria convencê-la a parar de querer me ver com uma namorada. Eu jamais me envolveria com alguém sabendo que meus dias estavam contados.

Quando minha mãe descobriu sobre a doença do meu pai, entrou em depressão. Passou a chorar sem parar, e por muitas vezes eu a vi olhando para ele como se aqueles fossem os seus últimos minutos de vida. Foi uma das épocas mais sombrias para minha família.

Uma noite, já bem tarde, ouvi gritos vindos do quarto dos meus pais. Foi uma das piores brigas dos últimos anos. Preocupado, acabei levantando. Quando estava prestes a abrir a porta do quarto deles para pedir que se acalmassem, ouvi meu pai dizer uma das coisas mais marcantes da minha vida. Ele gritou que tinha ELA, mas que a ELA não o tinha. E que se recusava a deixar que aquela doença o privasse de viver e estar com aqueles que ele mais amava. Que, enquanto houvesse um sopro de vida em seu corpo, ele amaria minha mãe com a mesma intensidade daquele momento. Mas que, se minha mãe não podia amá-lo como o homem que ele era por dentro, e não como aquele corpo definhando, então ele desistiria de lutar pelos dois e a deixaria livre, porque o amor que ele sentia era forte demais para permitir que ela definhasse com ele.

Acho que foi só naquele momento que minha mãe se deu conta de quanto o amava. Não que ela não tivesse consciência disso, mas acredito que, depois de tanto tempo casados, tudo ficava meio implícito. A necessidade de demonstrar o sentimento para o outro tinha ficado mais forte que a de falar o que se sentia, quando na verdade as duas coisas são igualmente importantes para um relacionamento. Eu não me lembrava da última vez que tinha ouvido meu pai falar que amava minha mãe. Acho que ela também não, e, depois daquele dia, tudo mudou em casa.

Eles se tornaram mais íntimos, mais próximos. Ficou até meio estranho. Beijos, abraços e cochichos pelos cantos da casa se tornaram frequentes. Era engraçado dar flagrantes nos dois se "agarrando" na cozinha. Fazia muito tempo que eu não os via tão felizes. Meus pais criaram a quarta-feira do namoro, andavam de mãos dadas. Quando ele parou de andar, ela se sentava no seu colo, na cadeira de rodas, e era levada para passear na Bessie pela casa, enquanto ria e chamava meu pai de Speed Racer da zona leste.

Só quando descobriu que eu também tinha esclerose lateral amiotrófica a tristeza voltou a dominar seu olhar. Acabou o riso, as brincadeiras, a alegria. A ferida se abriu e estava exposta de novo, mas agora era pior. A ELA tiraria os dois homens mais importantes da sua vida, e não dava para lidar com essa realidade mantendo um sorriso no rosto.

Eu tinha ELA. Ainda me sentia estranho ao pensar assim. Era como se aquelas palavras se referissem a uma pessoa fora de mim, um conhecido de um conhecido, a história de algum parente distante sobre outro alguém.

Helena pegou minha mão e a apertou forte, me tirando do estado de transe em que tinha me enfiado. Eu a encarei e lá estava o resultado das minhas palavras: lágrimas. Que ótimo, Daniel! Parabéns pela indelicadeza e falta de noção. Eu odiava vê-la chorando. Era a pior coisa do mundo para mim.

— Ei, maninha — falei, fazendo-a olhar para mim. — *Mudaram as estações e nada mudou. Mas eu sei que alguma coisa aconteceu. Tá tudo assim, tão diferente... Se lembra quando a gente chegou um dia a acreditar que tudo era pra sempre, sem saber que o "pra sempre" sempre acaba?* — cantei.

— *Mas nada vai conseguir mudar o que ficou. Quando penso em alguém, só penso em você, e aí então estamos bem. Mesmo com tantos motivos pra deixar tudo como está. Nem desistir, nem tentar. Agora tanto faz, estamos indo de volta pra casa* — ela completou, sorrindo um pouco.

Todas as vezes que alguma coisa parecia ruim, e a tristeza parecia interminável, eu cantava "Por enquanto" para ela, como uma forma de dizer que tudo ficaria bem, e que, no final, tudo passava. Todos os sentimentos ruins, as lembranças terríveis e a sensação de que era o fim do mundo. Eu fazia isso desde que tínhamos seis e um ano de idade. Naquela época eu me apaixonei por essa música por algum motivo. Essa cantoria acabou se tornando um hábito, e agora ela entendia o significado.

— Tudo vai ficar bem — prometi.

— Pra você sempre fica — ela ironizou.

— Deve ter um motivo pra isso. E começa com P e termina com...

— Ositividade — interrompeu, revirando os olhos.

— Eu ia dizer "personificação da palavra beleza", mas, se você acha melhor "positividade", tudo bem.

Helena sorriu, balançando a cabeça e voltando a olhar para a frente. Soltou minha mão, secou as lágrimas e baixou o vidro, colocando a cabeça para fora.

Havia pouquíssimos carros na estrada, e dava para dirigir na velocidade máxima tranquilamente. O sol estava a pino e não havia uma nuvem sequer. O primeiro dia do ano ter um clima desses me parecia um sinal de sorte. Haha. Como se eu tivesse alguma...

Apertei os dedos no volante, me perguntando se não seria uma ideia melhor dar a volta e passar o dia com meus pais. Afinal, quantos Anos-Novos eu ainda teria? Quantas vezes mais os quatro poderiam ficar um tempo juntos sem ter nenhuma obrigação?

Não. Eu não podia mudar minha vida por causa da ELA, como meu pai falou aquele dia. Eu tinha uma doença, mas ela não me tinha. Enquanto ainda estivesse no controle do meu corpo, eu continuaria fazendo tudo o que me desse na cabeça. Continuaria dirigindo até onde Deus quisesse me levar em todos os primeiros dias do ano; continuaria passando a maior parte do tempo na faculdade, ensaiando, ou então no meu quarto, pintando alguma parede. Ainda sairia com os meus amigos nos fins de semana ou iria para nossa casa em Ilhabela com a família, e continuaria com meu trabalho voluntário, levando alegria para as crianças no hospital. Tudo isso porque essa era a minha vida, e, não importava o que acontecesse, eu não poderia desistir dela.

Eu poderia perder os movimentos e até mesmo o domínio da mente, se fizesse parte dos quinze por cento dos pacientes que desenvolvem demência à medida que a ELA avança, mas nada me faria perder a vida que pulsava forte dentro de mim, porque ela era a única coisa que realmente me pertencia. Quando eu estivesse preso a uma cama, sem conseguir mover nem as pálpebras, teria todas essas lembranças para me fazer feliz mais uma vez, e disso eu nunca abriria mão. As lembranças que nós guardamos durante a vida são o nosso maior tesouro e o nosso maior legado. A imortalidade existe e reside nas lembranças que deixamos no coração daqueles que amamos.

— Dani — minha irmã me fez acordar do meu devaneio. — Será que você vai ficar que nem o papai?

— Não tem como saber.

— Você *quer* ficar que nem o papai? — perguntou.

Eu sabia exatamente o que havia por trás daquela pergunta.

Para alguns é insuportável viver paralisado. Então, quando a doença avança a ponto de a pessoa precisar de aparelhos até para respirar, ela assina um tipo de documento declarando que não quer receber nenhum tipo de ajuda artificial para continuar viva.

Helena queria saber se eu era uma dessas pessoas que, como dizia o velho Chaves, preferem morrer a perder a vida.

— Não — admiti. — Eu não me vejo preso a uma cama, sem poder falar, tocar, pintar, ser livre... Seria demais pra mim.

Ela assentiu. Helena sabia do que eu estava falando, e eu esperava que continuasse a saber quando finalmente chegasse a minha hora.

— Eu aceito a sua decisão — falou. — Mesmo que isso não faça muita diferença.

— É claro que faz! — exclamei. — Por que não faria?

— Geralmente não faz — ela murmurou, e, dessa vez, eu sabia que não falava de mim.

Tínhamos um problema em nossa família que havia começado um ano antes. Minha mãe e minha irmã mal se falavam desde então, e acho que eu era a única pessoa que ainda mantinha as duas conectadas de alguma forma. Mais até do que meu pai.

Quando completou catorze anos, Helena me contou seu maior segredo. Ela era homossexual. Apesar de sermos irmãos, e muito próximos, me surpreendi ao saber que ela confiava tanto em mim a ponto de me contar aquilo antes de qualquer outra pessoa.

Foi um baque no primeiro momento. Apesar de não ter problema algum, saber que minha irmã mais nova gostava de pessoas do mesmo sexo não era uma coisa que eu tivesse imaginado, ou percebido. Fiz questão de apoiá-la desde o primeiro momento, porque sabia que não seria fácil para ela assumir aquilo diante dos nossos pais. Meu pai tinha sido pastor, e só se afastou do púlpito depois que os primeiros sinais da doença apareceram, mas ainda era ativo na igreja da forma que podia. Minha mãe... Bom, a dona Marcia era uma das pessoas mais conservadoras que eu conhecia.

Helena e eu nos sentamos juntos quatro anos depois, lado a lado, de frente para eles, quando ela decidiu que era a hora de contar. Segurei sua mão até ela terminar de pronunciar a última palavra e continuei segurando depois, quando minha mãe chorou dizendo que havia falhado na criação dela, e meu pai ficou em silêncio.

Como eu havia imaginado, não foi uma conversa fácil. Depois do choro, minha mãe caiu na histeria: gritou coisas absurdas de que eu nem consigo me lembrar, insultos e ofensas que vieram mais da decepção que do ódio. Culpou Helena pela doença do nosso pai, falando que aquilo tinha sido um castigo pela filha ter se entregado ao "pecado", que a homossexualidade era coisa do demônio e que ela estava se deixando levar pela luxúria. Não importava o que respondêssemos: para ela, aquela revelação tinha sido a explicação para tudo o que estava acontecendo. Helena havia se tornado o bode expiatório de todos os problemas, e as coisas ficaram ainda piores quando, um pouco depois, meu pai perdeu o movimento das pernas. Para minha mãe, a causa tinha sido a decepção causada pela minha irmã.

O nosso pai, ao contrário do que pensei, aceitou a notícia com mais equilíbrio. Ele disse que, apesar de não entender e de aquilo ser contra tudo o que ele sempre acreditou, não seria a orientação sexual da minha irmã que influenciaria no amor que ele tinha por ela, nem no orgulho imenso que sentia pelo fato de ela ser corajosa o suficiente para se permitir assumir seus sentimentos.

O clima em casa não estava nada amistoso. As duas quase não se falavam. Dona Marcia e Helena eram muito parecidas em um ponto: eram as pessoas mais teimosas que eu conhecia. Enquanto uma delas não cedesse, aquela animosidade não acabaria. E dessa vez eu tinha que apoiar minha irmã. Era nossa mãe que precisava repensar sua postura, e aceitar que cada um tem o direito de escolher o amor que mais lhe faz sentir feliz e completo.

Quando Helena comentou que sua opinião não importava, era a isso que se referia. Para mim, porém, ela sempre seria a pessoa cuja opinião mais importava. Éramos os dois mosqueteiros, e eu não conseguia imaginar a vida sem minha irmã.

Decidi que seria melhor não falar nada. Helena havia entrado no mesmo estado pensativo que a estrada despertava em mim, e eu sabia quão irritado poderia ficar quando era interrompido no meio de um momento de concentração. Afundei um pouco no banco, fixando o olhar na estrada, que parecia infinita quando olhávamos daquele jeito. Por algum motivo eu queria que fosse, que nunca mais houvesse uma placa de retorno.

Sempre em frente, sem nunca olhar para trás. Tínhamos que seguir juntos, independentemente dos nossos problemas, porque o tempo cura tudo, desde que não vivamos em função do passado ou das coisas ruins. Se nos concentrarmos no caminho que temos a percorrer, nunca deixaremos de avançar para o final da nossa estrada infinita, esperando que, um dia, tudo o que fizermos seja recompensado.

Horizonte

CINCO MESES ANTES

Helena

Já fazia mais de uma semana que Melissa tinha entrado em um avião para nunca mais voltar, e parecia que havia levado consigo a alma do meu irmão. Deixando para trás apenas um vislumbre sombrio do que ele fora um dia, uma casca oca que passava horas sentada em frente ao piano, como uma estátua fria e sem vida.

Tudo o que ele fazia era tocar algumas notas a esmo de vez em quando, depois voltava a encarar, paralisado, a janela do lado de fora de forma vítrea, respondendo vagamente as nossas perguntas.

Eu o entendia.

Cada vez que se levantava, parecia menos capaz de andar, e cada vez que falava era como se descobrisse um erro ainda maior que cometera na última conversa com Melissa. As notas que tocava lembravam meu pai, e o lado de fora trazia a lembrança de que o mundo inteiro continuaria vivendo normalmente depois que ele partisse. Pelo menos o dos outros, porque o meu estaria acabado assim que o coração dele batesse pela última vez.

— Você nunca mais vai sair daí? — perguntei, me sentando no banco do piano ao seu lado.

— Sair e fazer o quê? — retrucou. — Ir comprar uma bengala, tirar as medidas pra minha futura cadeira de rodas ou ir a mais uma consulta pra fazer mais um exame e descobrir que estou cada dia mais próximo do fim do caminho? Não, obrigado.

— Eu sempre achei que atuar era a sua verdadeira vocação, mais especificamente o drama — falei, enquanto bagunçava seu cabelo, tentando tirar um sorriso daquele rosto tão infeliz. — Eu quero que você saia e encontre o meu irmão cheio de vida que você perdeu por aí.

— Acho que isso não está mais ao meu alcance — murmurou, baixando o olhar para as teclas.

Suspirei, colocando a mão em seu ombro e o apertando com carinho. Então é assim que a gente fica quando o nosso coração se parte? Burro e cego como ele?

— Está ao alcance de uma passagem de avião. Poxa, Dani. Qual é o grande problema, afinal?

— Eu a deixei ir embora pensando que a culpa foi dela, por ter confiado em mim — explicou, olhando para mim de verdade pela primeira vez em dias. — Esse é o grande problema. Você tem noção da gravidade disso? Depois de tudo o que ela passou...

— Então por que você não contou pra ela o que estava acontecendo? Por que a deixou ir embora se a ama tanto? Juro que não consigo entender!

— Contar e deixá-la viajar pensando que me abandonou? Ou pedir pra ela ficar e definhar comigo, como a mamãe fez quando descobriu que o papai estava doente? — questionou. — Eu jamais seria capaz de fazer isso com ela, fazer com que se sentisse mal por ter que escolher entre mim e a carreira que sempre sonhou. E eu nem sei se ela me escolheria, de qualquer forma, então foi melhor assim. Eu facilitei as coisas.

— Facilitou as coisas? Você realmente acredita que o que vocês, dois idiotas, fizeram foi facilitar a vida um do outro terminando daquela forma? — Franzi o cenho, cruzando os braços. — Se sim, eu acho que tenho uma concepção completamente errada do mundo.

Pela primeira vez em dias, vi um sorriso. Como eu sentia falta daquela expressão. Há muito tempo não via um vislumbre de alegria naquela casa. Desde a morte do nosso pai, minha mãe havia se trancado ainda mais dentro de si e assumido uma postura austera e fria. Eu não podia culpá-la: a morte do grande amor da vida dela, unida ao começo dos primeiros sinais da doença de Daniel, era algo doloroso demais para qualquer um lidar. Ela e Daniel agora estavam sofrendo as mesmas dores; os dois lidavam com a sombra da esclerose lateral amiotrófica, e os dois haviam perdido o amor de sua vida. Para Dani ainda havia tempo: bastava se abrir e se permitir ir atrás de Melissa, mas isso exigiria dele uma coisa que eu nunca vi meu irmão fazer na vida: colocar a sua própria felicidade em primeiro lugar.

Ele voltou a olhar para o piano, posicionando as mãos nas teclas e começando a tocar uma melodia que eu já conhecia bem. Era a música que Daniel mais cantara durante aqueles dias: "Oceans", do Seafret. A letra falava sobre distância, amor e sobre desistir um do outro para o melhor dos dois. Mais depressivo, impossível, mas Daniel só cantava o que sentia, então era compreensível.

— Como foi? — perguntei, finalmente, quando ele voltou a ficar em silêncio depois de quatro ou cinco versos, como se não tivesse energia para continuar. — Saber que você conseguiu cumprir o que queria?

— Está falando do acordo que eu fiz com a Melissa? Indescritível. Você não tem ideia de como eu fico feliz por saber que ela entendeu o que eu tinha pra dizer, mesmo que fosse quase nada.

— E como você fez exatamente? Quer dizer... Não que eu não me lembre, já que passei dois meses ouvindo sobre essa garota várias horas por dia, mas eu ainda não entendi. Você a levou a alguns lugares e disse algumas coisas! É impossível que...

— O impossível é só uma questão de ponto de vista, Lena — interrompeu. — Eu não só a levei a alguns lugares e disse algumas coisas. Eu mostrei o que ela precisava ver, e disse o que ela precisava ouvir: a verdade. Isso costuma ajudar, sabia? — comentou, abrindo ainda mais o sorriso. — Verdade, sinceridade, honestidade e empatia. Essas coisinhas criam confiança, e confiança é tudo. Confiar um no outro, mas principalmente em você mesmo e no que pode fazer com a sua vida.

Uau. As lições de moral e os pensamentos filosóficos haviam retornado. Se ele colocasse uma piadinha no meio do contexto estaria perfeito, e eu saberia que tinha meu irmão de volta, mas isso levaria um tempo.

— E por que ela? — eu quis saber.

— Essa é a pergunta que eu mais gosto de ouvir — sussurrou, antes de começar a contar a história inteira do início pela milésima vez.

Ano-Novo

ONZE MESES ANTES

Daniel

Pela primeira vez em vinte anos eu passaria as últimas horas do ano com os meus amigos. Não era uma coisa que minha família apoiasse muito, e Helena ficou chateada, mas eu sentia que era o certo a fazer. Algo me dizia que uma rua vazia no coração de São Paulo, à meia-noite, era onde eu deveria estar. Então, aceitei a proposta.

Ouvi uma vez, em algum momento da minha vida, que, quando se começa o ano fazendo uma coisa, aquela seria a coisa que você faria melhor até o ano seguinte. Era algo assim. Eu não me lembrava exatamente das palavras, mas o significado estava gravado na minha mente. Por isso decidi comprar dezenas de latas de tinta, procurar a rua mais triste que eu conseguisse achar, e planejei passar a virada do ano fazendo uma das coisas que mais amava: colorir o mundo.

— Aqui está bom — anunciei para meus amigos, depois de andarmos por dez minutos em busca do asfalto mais liso que conseguíssemos encontrar.

Havia um grupo de mais ou menos dez pessoas do outro lado da rua, e elas pareciam tão absortas em sua festa particular que nem notaram nossa presença. Sentei no chão, colocando as latas perto de mim, antes de começar a desenhar com giz um esboço para ter uma base de onde deveria pintar. Eu queria fazer uma mandala. Não tinha nenhum significado especial. Era só para passar o tempo. Tipo um livro de colorir no meio da rua, só que em escala maior.

Como sempre, Gabriela ficou responsável por cuidar do som. Como se não fosse o que ela fazia havia três anos na faculdade. Minha outra amiga, Millah, sentou na calçada, encostada em uma parede, com uma garrafa de vinho, bebendo em silêncio e observando tudo ao redor, na companhia de Victor e Michael. Já Diana se manteve bem perto, me vendo desenhar a mandala no chão.

Os outros ficaram por ali, cantando e dançando as músicas que Gabriela decidiu colocar. Quando descartei a primeira lata de tinta, um dos meus amigos achou uma ótima ideia pegá-la e bater nela com força sem nenhum tipo de ritmo, dando uma de maluco enquanto saltitava ao meu redor. Eu me senti numa fogueira no meio de um ritual indígena de dança da chuva, igual àqueles desenhos animados antigos.

Olhei para o fim da rua e vi algumas pessoas do outro grupo olharem em nossa direção como se fôssemos loucos. Fazer o quê? Nós realmente éramos!

— *I wanna rock and roll all night and party everyday!* — ele berrou o mais alto que pôde, e os outros o acompanharam, rindo enquanto corriam e giravam em volta da base da mandala que eu havia feito.

Pegaram mais algumas latas que eu havia descartado e começaram a batucar também.

— Vocês são inacreditáveis — murmurei. Diana abriu um enorme sorriso, revirando os olhos para demonstrar que concordava comigo.

— *Você é inacreditável!* — corrigiu, falando em linguagem de sinais. — *Onde já se viu? Ficar pintando no asfalto quando faltam menos de dez minutos pro Ano-Novo.*

— *É o que eu quero fazer pelo resto do ano, Dia. Tornar as coisas sem graça um pouco mais alegres.*

Ela balançou a cabeça, ainda sorrindo, antes de ser puxada por alguém para participar da roda.

— Um minuto, Dani!

Olhei em direção ao fim da rua, onde todos começavam uma contagem regressiva. Havia uma garota que não parecia estar muito a fim de fazer festa. Ela não estava contente, e sem saber eu comecei a me perguntar por quê.

— Daniuau! — um dos meus amigos brincou, vendo o trabalho que eu já havia feito.

Só naquele instante me dei conta de que a mandala era enorme, e começava a ficar bonita.

— 42... 41... 40! — Ouvi o grupo do outro lado gritar. Quanto mais alto eles berravam, mais Gabriela aumentava o som do rádio, e mais alto meus amigos batucavam nas latas.

Acho que a maioria das pessoas, de ambos os lados da rua, estavam mais preocupadas em competir para ver quem fazia mais barulho do que em fazer a contagem regressiva.

— Tudo vai ficar bem — sussurrei para mim mesmo, abrindo uma lata de tinta amarela. — Mais um ano em que você vai passar sem sinais, e em que todo mundo vai esquecer por muito tempo da sua doença. A Helena vai se dar bem com a nossa mãe, e o meu pai vai continuar conosco. E esse ano vai ser um dos melhores.

— 20... 19... 18... 17! — gritaram, e eu não pude deixar de sorrir.

Será que eu era um idiota por continuar sentado pintando e murmurando coisas para mim mesmo? Pela forma como as pessoas no final da rua olhavam para mim, não. Elas pareciam estar me achando bem legal, por sinal, principalmente aquela garota descontente.

Ela era alta e tinha cabelos escuros e cacheados. Sua pele tinha cor de canela, e as roupas eram escuras. Todos eles vestiam cores escuras, aliás, o que me pareceu bem estranho e monótono. Ela não era monótona. Era diferente. Não por usar alguma cor a mais, mas por parecer a menos empolgada, e a mais infeliz por estar ali. Se eu pudesse chutar o que ela estava pensando, arriscaria dizer que ela preferiria estar com a gente a estar com aquele grupo.

— 5... 4... 3...!

— Isso tá incrível, Dani! — Diana elogiou, o que chamou a atenção dos outros também. Quando chegou o último segundo do ano, estávamos todos concentrados na minha pintura, por uma feliz coincidência.

— FELIZ ANO-NOVO! — um dos meus amigos gritou, voltando nossa atenção para a festa, e todos começaram a batucar nas latas rapidamente.

Eu me levantei antes que eles tivessem a chance de pisar na tinta fresca para me abraçar, cumprimentando a todos com abraços e palavras positivas para o ano que começava, antes de voltar a fazer o meu trabalho. Era aquele o momento em que a parte do "fazer o que você gosta no início do ano deixará que você o faça pelo resto dele", não é? Ficar com os amigos e pintar, deixar as coisas mais alegres.

Olhei mais uma vez na direção do final da rua, vendo como o outro grupo comemorava seu fim de ano. Pararam de gritar e pular pouco depois de eu me ajoelhar mais uma vez no meio da mandala, e haviam voltado a se concentrar em rir uns dos outros e encher a cara. Mas a tal garota diferente não. Ela olhava na minha direção.

Sorri, sentindo que aquela seria a melhor coisa a fazer antes que eu começasse a ficar vermelho por ter sido pego em flagrante. Será que ela tinha percebido que eu a observava havia alguns minutos também? Desviou o olhar.

Eu tinha passado do ponto? Não. Acho que ela só estava prestando atenção ao show de fogos. Eu deveria fazer a mesma coisa, talvez.

Fiquei assistindo à exibição por alguns minutos antes de voltar a me concentrar. E se eu conseguisse, de alguma forma, representar aqueles fogos dentro da mandala? Não o formato, mas a mesma explosão de cores? Foi isso o que comecei a fazer, revezando o olhar entre o céu e o chão, buscando inspiração no brilho intenso dos fogos que iluminavam aquela rua escura, trazendo uma sensação de alegria e esperança a cada explosão.

Só desviei a atenção quando ouvi passos se aproximando, e subi o olhar para ver quem era. Ela. A garota da expressão triste e dos cabelos compridos e cacheados. Agora parecia curiosa, na verdade. Ela era linda, eu tinha que dizer. Uma beleza que eu nunca tinha visto antes.

Com a surpresa, acabei esbarrando a mão em uma das latas, que rolou na direção dela. Por sorte, estava quase vazia. A garota a chutou para longe, agora irritada:

— O que é isso? — perguntou.

Inclinei a cabeça para o lado, imaginando onde ela tinha aprendido que aquela era a melhor forma de iniciar uma conversa com um desconhecido. Por que ela parecia estar com tanta raiva? Eu nem havia chegado a sujá-la!

Duas pessoas pararam ao seu lado. A primeira eu conhecia: Pedro. Um imbecil da faculdade em que eu estudava. A segunda pessoa eu não lembrava de já ter encontrado. Era uma menina loira e alta, e parecia tão alterada quanto os outros dois.

— O que você está fazendo?! — perguntou, ainda mais alto.

— Estou criando arte — respondi, me levantando e encarando meu próprio trabalho. Ainda não estava terminado, mas, modéstia à parte, estava bem legal. Eu gostava de todas aquelas cores. — Espero que você esteja impressionada — murmurei para mim mesmo, sorrindo um pouco, antes de dar as costas a ela.

Peguei algumas das latas e as levei até a borda da mandala que eu não alcançava, pulando entre um espaço livre e outro para não estragar tudo. Eu me ajoelhei novamente, abrindo uma das latas, de tinta azul-bebê, e enfiando as mãos dentro dela. Comecei a pintar com os dedos dentro da borda demarcada com giz, que era muito estreita para que eu conseguisse usar um pincel.

Eu sabia que a garota continuava me encarando, e imaginava qual seria a próxima coisa que diria. Não precisei nem olhar para saber que ela havia sujado grande parte do desenho quando ouvi seus passos se aproximando novamente:

— Você acabou de estragar metade do meu trabalho — avisei, para o caso de ela não ter percebido.

— Que se dane! Você não pode fazer isso! — esbravejou.

Por que ela estava tão irritada? Eu não me lembrava de ter dito alguma coisa errada... Ok, ela estava com o Pedro. Será que ele teria dito algo sobre mim? Decidi que levar para o lado do humor seria a melhor saída naquele caso. Talvez eu conseguisse um sorriso!

— Nossa! — comecei, imitando o olhar mais surpreso que conseguia. — Você... Ah, meu Deus. Eu... eu não sabia! — Levantei, colocando as mãos na frente da boca. — Me desculpe... senhorita autoridade máxima da rua! — brinquei, mantendo a mesma expressão de antes, me segurando para não rir. Quando vi que ela continuava com a cara fechada, continuei: — Que eu saiba, arte não é crime, e a rua ainda é pública.

— Isso não é arte, é vandalismo! — exclamou, ainda mais brava.

Eu podia mesmo ficar irritado com aquilo, já que não gostava nem um pouco de discussões, e aquela garota parecia mesmo a fim de uma briga, mas eu sabia que havia algo por trás daquelas palavras, e ia além de toda a bebida que ela devia ter ingerido. Era curiosa e insistente, e devia aprender a usar aquilo da forma certa.

— Mel... não fala assim. Vem. Você está ficando sóbria e chata. Vamos resolver isso com uma boa dose de felicidade líquida! — pediu sua amiga, balançando seu braço.

— Me deixa em paz! — disse a tal Mel, fazendo um movimento brusco e afastando a garota.

Isso fez a amiga desistir e ir embora. Não pude deixar de rir quando vi a cena. Os bêbados são bem engraçados quando querem parecer sérios, e essa Mel havia mesmo colocado na cabeça que queria brigar comigo. O que ela não sabia era que eu sou uma das pessoas mais pacientes do mundo. Voltei a me sentar e a pintar, ignorando o fato de ela continuar parada como uma estátua à minha frente.

— Aí, Dan! — Ouvi a voz de Enzo, meu aprendiz na faculdade e um dos meus melhores amigos. — Vamos vazar! Precisa de carona pra casa? — questionou, antes de olhar na direção da tal Mel. — Ou de um guarda-costas?

— Não. Tudo bem — respondi, sorrindo de leve. Eu iria embora sozinho, já que tinha vindo de carro. Queria terminar o desenho primeiro.

Olhei para a garota assim que a turma foi embora, decidindo se deveria pedir licença ou perguntar o que ainda fazia parada ali. Ela queria o meu telefone? Se era isso, bastaria pedir.

— Mel, vamos embora! É melhor a gente ir também — falou Pedro, segurando seu braço. Eu quase havia conseguido me esquecer da presença daquele otário. Aquela menina tinha mesmo o dom de me distrair.

— Isso, vá embora e me deixe terminar o meu trabalho em paz — complementei, me dirigindo a ele. Era a única pessoa que eu não queria ter encontrado logo no início do ano.

A garota chutou uma das latas, fazendo-a tombar e derramar tinta no desenho.

— Por que isso? — perguntei, surpreso. Mas o que...?!

Ah... ah, não. Sério? Ela estava ofendida? Eu nem tinha falado com ela... Suspirei, um pouco triste por ver que todo o trabalho tinha sido por nada. A culpa era minha. Eu não havia deixado claro que tinha me dirigido a Pedro.

— Porque eu quero — ela retrucou, semicerrando os olhos. — Porque eu posso. — Sorriu, dando alguns passos para trás antes de continuar: — Boa sorte ao tentar consertar isso aí.

Olhei rapidamente para o desenho, para a minha mandala, agora coberta de tinta rosa. Vendo pelo lado bom, a forma como a tinta escorria pelo asfalto, na lateral da mandala, dava a impressão de que havia uma grande árvore crescendo ali. Com alguns retoques, ficaria bem legal. Era uma ótima ideia. Sorri, feliz por ter encontrado uma solução, e voltei a olhar para ela, que parecia confusa. Deu as costas para mim antes que eu tivesse a chance de entender o que mais havia em sua expressão, e caminhou para alcançar Pedro, que já tinha se afastado.

— Obrigado! Se quer saber, ficou bem melhor assim!

Sorri ao vê-la cerrar os punhos, nem se dando ao trabalho de virar para me olhar, ainda se afastando.

Eu não iria me demorar muito mais ali sozinho, mas não podia deixar de admitir que seria ótimo ver se ela continuaria olhando para mim depois daquilo. Esperava mesmo que sim, já que, de alguma forma, ela havia feito daquele o ponto alto das minhas férias. Ou um deles.

Dívida

ONZE MESES ANTES

Daniel

— Daniel Oliveira Lobos! — exclamou minha mãe quando entrei em casa, às três da manhã. Ainda havia várias pessoas da família espalhadas pela sala. — Onde você estava?! Falou que voltaria à uma e meia. E olhe só... está todo sujo de tinta...

— Tinha muita gente na rua. Eu preferi não atropelar ninguém e chegar atrasado a acabar preso por homicídio culposo em pleno Ano-Novo — brinquei, fechando a porta atrás de mim, sob o olhar de todos.

— Meu querido Daniel! — minha tia chamou, se aproximando e apertando minhas bochechas, como se eu fosse uma criança de cinco anos.

Não pude deixar de sorrir para ela de forma gentil, retribuindo o abraço que me deu em seguida com a mesma intensidade. Fazia meses que não a via, mas, quando ela descobriu sobre minha doença, prometeu nos visitar o mais rápido possível e ver como eu estava. Não que as promessas tivessem sido cumpridas. Mas eu entendia. Era como eu sempre dizia: é mais fácil ter a intenção do que realizar a ação. A situação era difícil, e eu imaginava que era complicado olhar para mim e pensar que... enfim.

— Como você está, meu amor? — perguntou, sem se dar conta da fila de pessoas que se formara para me cumprimentar. — Está se sentindo bem?

— Estou sim, tia — respondi, abrindo ainda mais o sorriso enquanto se afastava. — Obrigado por ter vindo.

— Você achou que eu não viria? Como eu poderia não vir? Você está...

— Rita! Deixe o menino em paz — interrompeu meu tio, tomando a frente e abrindo os braços na minha direção. — Como está, meu rapaz?

E então nós ficamos mais ou menos meia hora naquela coisa de cumprimentos e interrupções quando o assunto da minha "fraqueza" estava prestes a surgir. Só quando todos tiveram sua vez de me abraçar eu pude me sentar.

Minha mãe não suavizou o olhar nem por um segundo. Eu sabia que ela iria gritar comigo depois. Será que esquecia que eu tinha vinte anos e não era mais um bebê? Bem, deve ter esquecido assim que as palavras "esclerose", "lateral" e "amiotrófica" entraram para a lista das minhas características genéticas.

— Cadê a Helena? — perguntei, me ajeitando no sofá a fim de liberar espaço para os outros sentarem.

Minha tia fez questão de se sentar ao meu lado, passando as mãos pelo meu rosto e cabelo como se quisesse checar se eu estava com febre. Se eu não estivesse tão confuso por não ver minha irmã ali, com certeza pediria educadamente para que ela parasse. Eu estava bem. E não queria que ficassem o tempo todo me olhando como um pobre coitado condenado à morte.

Todos se entreolharam, sabendo que eu não gostaria muito de ouvir a resposta. Mais uma vez elas haviam brigado. Suspirei. A quarta vez na semana. A *maldita* quarta vez na semana.

— Eu vou falar com ela — anunciei, mas minha tia me segurou antes que eu tivesse a chance de me levantar.

— Nada disso, menino. Você precisa nos dar um pouco de atenção. A sua irmã está aí todos os dias.

Esse era um daqueles vários momentos no dia em que eu me segurava para não dizer alguma coisa que, com certeza, acabaria magoando alguém. Ultimamente esses momentos me pareciam mais frequentes do que eu gostaria. Me mantive no lugar, deixando que me enchessem de perguntas como se estivessem realmente interessados em algo além do tempo que eu tinha pela frente. Como se já não soubessem que era algo imprevisível.

— Está precisando de alguma coisa? — minha prima quis saber. Ela era só alguns anos mais velha do que eu. Por que eu falei isso? Bom... porque, como você já deve ter percebido, minha idade não parecia mais contar naquele lugar. — Quer um copo de água, ou que eu pegue alguma coisa pra você comer?

— Eu preciso que vocês parem de agir como se eu fosse morrer amanhã — respondi, tentando não parecer rude, sorrindo como se isso fosse amenizar um pouco minhas palavras. — Preciso que vocês se lembrem de que as minhas pernas e mãos ainda funcionam, e que o meu cérebro vai continuar funcionando normalmente até o meu último dia de vida, independentemente do fato de eu não conseguir mais me mexer, impedindo assim que eu me torne a criança que vocês acham que eu virei depois do meu diagnóstico.

Em algum ponto entre as primeiras e as últimas palavras, meu tom e meu sorriso se tornaram irônicos, e todos passaram a me encarar com incredulidade. Era uma boa hora para me retirar. Levantei, continuando a falar para tentar reverter um pouco a situação:

— Sinto muito interromper um tópico tão agradável pra essa reunião familiar de Ano-Novo, mas eu tenho que... resolver algumas coisas.

— Precisa de ajuda? — questionou meu tio, ignorando completamente o meu discurso.

— Não. Obrigado — falei e segui o mais apressadamente possível na direção da escada.

Fui direto para o quarto da minha irmã, batendo na porta até que ela decidisse abri-la. Quando o fez, simplesmente a deixou entreaberta e deu as costas para mim, voltando para a cama e se jogando em cima dela.

Entrei no quarto, que estava iluminado apenas pela luz de um pequeno abajur que ficava em um criado-mudo, e me sentei na borda da cama, vendo Helena com o rosto enterrado no travesseiro, o cabelo longo, loiro e cacheado espalhado pelos lençóis. Coloquei a mão em suas costas, como forma de confortá-la, enquanto a ouvia chorar.

— Quer me contar o que aconteceu? — perguntei.

— Ela falou pra todo mundo — minha irmã disse, com a voz abafada pelo travesseiro. — Com aquele tom de reprovação, como se eu fosse um tipo de aberração.

Eu não sabia exatamente como responder. Já sabia que o nosso feliz jantar em família, no qual eu não estaria presente para mudar o rumo da conversa quando começasse a tomar direções desagradáveis, acabaria mal para alguém. Marcia sempre encontrava um jeito de cutucar Helena e jogar as coisas na cara dela, como se minha irmã precisasse sentir culpa por ser quem era.

— E eles ficaram me olhando com aquela cara de "vergonha alheia" — continuou, e quase consegui sorrir com a expressão que ela havia escolhido.

Era o tipo de situação na qual eu me perguntava de quem deveria sentir mais pena: de Helena, por sofrer com toda aquela discriminação por parte da nossa família; ou de minha mãe e daqueles que acreditavam no que ela dizia sobre homossexualidade, por serem tão limitados a ponto de pensar que aquilo tornava a pessoa diferente do que era antes da notícia.

— Eles têm que se envergonhar deles mesmos, e não de você — sussurrei. — Duvido que qualquer um na nossa família tenha o dom que você tem de descobrir os segredos dos outros.

— O que isso tem a ver? — questionou, levantando a cabeça apenas para olhar para mim.

— Sempre que alguém disser uma coisa ruim sobre você, disser que é uma vergonha, pense nas vezes em que eles já se deram mal e jogue isso na cara deles — aconselhei, o que a fez rir.

— O santo Daniel dando conselhos malcriados pra mim? Quem é você e o que fez com o meu irmão?

Sorri. Não era a coisa certa a fazer, eu sabia, mas não havia nada no mundo que me fizesse ser mais razoável quando o assunto era a minha irmã. Se qualquer um mexesse com ela, podia ter certeza de que não era com o bom Daniel que iria ter que se entender. Não importava quem fosse.

— Falando em segredos, como foi o seu Ano-Novo? — perguntou, secando as lágrimas e se sentando no colchão.

— Eu conheci uma garota — revelei.

— E como ela é? — Chegava a ser engraçado quão empolgada ela ficava quando eu dizia que havia conhecido alguém. Pareceu até esquecer o que tinha acabado de acontecer.

— É linda — falei. — Mas parecia furiosa por algum motivo, e chutou uma lata de tinta no meu desenho depois de me chamar de vândalo. E estava com o Pedro.

— O Pedro? *Aquele* Pedro? *Bléééé!*

Fez uma expressão exagerada de enjoo ao ouvir o nome. Não era segredo que eu e aquele cara não nos dávamos bem na faculdade desde que eu havia sido escolhido como aprendiz, três anos atrás, no lugar dele. Incrível era o fato de ele nunca ter superado. Talvez estar na mesma turma que eu não tivesse ajudado em seu processo de esquecimento, mas no fundo eu sentia uma certa satisfação por estar lá todos os dias para lembrá-lo disso.

— Ela é da faculdade?

— Acredito que sim. Eu já a vi algumas vezes por lá, mas nunca nos falamos. E infelizmente a nossa conversa de hoje não foi muito longa. Girou mais em torno de quão errado eu estava por pintar o asfalto.

Helena sorriu ao ouvir isso, e não pude deixar de achar graça também. Se eu tivesse essa opção, minha conversa com aquela garota seria um pouco mais longa e produtiva. Agora só me restava esperar para ver se a encontraria na faculdade de novo. Não que eu tivesse interesse, já que não tínhamos tido um encontro tão agradável, mas talvez um dia eu descobrisse por que ela parecia tão infeliz.

— E o Pedro fez confusão? Encheu o seu saco? — minha irmã quis saber.

— Não. Acho que ele estava bêbado demais pra saber que era eu quem estava ali. Mas também não importa.

Levantei da cama, suspirando, e parei na frente dela.

— O que importa agora é saber se você vai querer descer lá na sala comigo.

Ela me encarou, pensativa, por alguns instantes, considerando a possibilidade. Helena sabia que, se descesse, eu ficaria ao lado dela e não deixaria ninguém mais fazer comentários ruins, mas não podia fazer nada com relação aos olhares, por isso acabou recusando, e eu não insisti. Entendia que devia ser difícil, e agora seria eu quem teria que ir até lá sozinho para aguentar mais uma sessão de perguntas sobre minha saúde.

Equilíbrio

OITO MESES ANTES

Daniel

— Não! Não, Daniel! NÃÃÃÃÃO! — Melissa berrou enquanto eu ameaçava largar o guidão de sua bicicleta para deixá-la pedalar sozinha.

Era a quarta semana do acordo, e, a cada vez que olhava para ela, ficava mais difícil não lançar aquele sorriso tendencioso de quem diz: "quero muito te beijar de novo, e de preferência agora". Eu sabia que havia um empecilho bem grande entre nós chamado esclerose lateral amiotrófica, mas em noventa por cento do tempo me perguntava se não seria melhor simplesmente deixar tudo isso de lado e dizer logo o que sentia.

Não. Ainda não. Era cedo demais.

— Pelo amor de Deus, não me solta — pediu com os olhos arregalados, e eu ouvi meus amigos rindo a alguns metros dali, nos encarando como se aquela fosse a cena mais engraçada do mundo.

Estávamos no Parque Villa-Lobos, numa área próxima à entrada em que há um enorme pátio de cimento com grama por todos os lados. Eles estavam sentados em um cobertor estendido no gramado, nos observando, e eu tentava ensinar Melissa a andar de bicicleta, apesar de também ser péssimo com aquilo.

— Eu faço o que você quiser. Dou até um abraço na sua amiguinha oxigenada, mas, por favor, não solta — implorou, o que me fez rir alto, ainda mais quando colocou os pés no chão, parando a bicicleta de repente e quase derrubando nós dois.

Amiguinha oxigenada? Quando ela iria desistir de odiar a Diana? O que a minha amiga havia feito para ela? De acordo com Diana, isso se chamava "ciúme", e nada no mundo me deixaria mais feliz do que saber que aquilo era verdade.

— Não vou soltar. Relaxa. E pode largar a minha camiseta. Geralmente as mãos ficam no guidão, a menos que você já tenha aprendido a andar em cima disso aí sem precisar delas — falei.

Ela tinha passado os braços ao meu redor e entrelaçado os dedos em minha camiseta como se sua vida dependesse disso. Aquilo com certeza não a ajudaria a se equilibrar. Não mesmo. Apesar de eu não ter nada contra o fato de estar me agarrando daquele jeito.

— Vai, deixa de ser medrosa. Coloca um pé no pedal de novo — orientei, e Melissa obedeceu, ainda sem mover os braços um centímetro sequer, o que me obrigou a agir como ponto de equilíbrio para ela. — Agora, coloca as mãos no guidão.

— Você vai me soltar.

— Você ainda está com um dos pés no chão, Melissa. Não vai cair.

Ela me fuzilou com o olhar. Eu adorava aquela expressão de sádica pronta para atacar que ela fazia quando se sentia desafiada ou contrariada. Mais uma vez, comecei a rir, e ela bateu em meu braço com força, se esquecendo por um segundo do medo e cambaleando um pouco para o lado por causa do peso da bicicleta. O berro altíssimo que deu quando quase caiu fez todos olharem em nossa direção.

— Eu não posso me machucar, seu babaca! — reclamou. — Nem um arranhão sequer. Isso pode estragar todos os meus ensaios, e, se acontecer, eu juro que mato você.

— Ei, calma! Tudo vai ficar bem. Agora, dá impulso com o pé que está no pedal e começa a pedalar. Eu vou ficar do seu lado, e vou te segurar se alguma coisa acontecer.

— Se eu...

— Você não vai cair! — repeti.

Ela bufou, empurrando o pedal e fazendo a bicicleta se mover alguns centímetros. Assim que aconteceu, parou, colocando os pés no chão mais uma vez e cambaleando para o lado. Segurei o guidão, ajudando-a a segurar o peso. Estava óbvio que ela não queria nem tentar. Perguntei:

— Você fez essa birra toda antes de se apresentar pela primeira vez no palco?

— É claro que não! Eu...

— Não fez porque, apesar do medo, queria se apresentar, ou não fez pra não passar vergonha?

— Porque eu não queria passar vergonha.

É claro que a sinceridade dela me surpreendeu. Não era aquela a resposta que eu esperava, então precisei pensar rápido para inverter a situação e chegar, ainda assim, aonde eu queria.

— E o que mudou durante esses anos que te fez ter essa vontade incontrolável de passar vergonha na frente das pessoas dando um escândalo só porque não quer tentar andar de bicicleta?

Mais rude do que eu esperava? Sim, mas pelo menos a fez olhar para a frente mais uma vez e afundar o pé no pedal. Ela era orgulhosa demais, e não admitia ouvir uma coisa dessa. Precisava provar para mim que podia fazer aquilo sem gritar. Infelizmente, não era provocando que eu conseguiria ensinar alguma coisa a Melissa, então, quando perdeu o equilíbrio e eu a segurei, pedi que saísse de cima da bicicleta, a segurei pelos ombros e olhei o mais fundo possível em seus olhos castanhos bem escuros antes de continuar:

— Você consegue. Tudo o que precisa fazer é querer de verdade, e acreditar em si mesma e em mim.

— Acho que você já repetiu isso pra mim tantas vezes que eu estou pensando em começar a acreditar — murmurou, com um sorriso quase imperceptível, me encarando do jeito descrente de sempre.

Coloquei uma mecha de cabelo que havia soltado do coque atrás de sua orelha, rezando por dentro para que ela ouvisse com atenção o que eu diria a seguir, porque era uma das coisas que eu mais tinha certeza com relação a ela:

— Está na hora de parar de pensar em começar a fazer as coisas e simplesmente fazer, sem hesitar tanto. Nós só temos uma vida, srta. Garcia, e o mínimo que podemos fazer é viver da melhor forma possível, como se não houvesse amanhã. É melhor se arrepender de algo que você fez do que de algo que deixou de fazer por medo do fracasso ou de se machucar. Faça. Se fracassar, analise o que deu errado, corrija os erros e tente novamente. Se se machucar, a ferida vai se curar com o tempo, e a cicatriz vai ser um lembrete da coragem que você teve quando se arriscou. Só não existe cura ou aprendizado no arrependimento de não ter tentado.

— Isso tudo é tão clichê... — brincou, abrindo ainda mais o sorriso.

— Mas é o certo.

Ela suspirou, fixando os grandes olhos castanho-escuros em mim enquanto decidia o que seria o melhor. Estávamos juntos havia quatro semanas, e isso era o suficiente para que eu soubesse que, no final, apesar de toda a hesitação, ela iria fazer o que eu pedia.

Voltou a se sentar em cima da bicicleta, tentando pedalar mais uma vez enquanto eu me mantinha próximo para segurá-la caso caísse.

Uma das coisas de que eu mais gostava em Melissa era o fato de, independentemente de todas as reclamações, ela continuar tentando cumprir o nosso acordo até o fim. Ela sabia que todas aquelas coisas que eu dizia não eram bobagens. Sabia que podia melhorar, e isso era o mais importante: que ela acreditasse mais em si mesma do que em qualquer outra pessoa.

Quando conseguiu andar mais de dois metros sozinha, não pude deixar de sorrir. Ouvi Millah, Diana, Victor e Michael aplaudirem à distância, vendo-a se afastar.

— Eu consegui! — exclamou, enquanto continuava a pedalar. — Eu... Como para isso? Como para isso, Daniel?!

— Aperta o... — tentei explicar, praticamente correndo atrás dela, vendo-a começar a entrar em pânico — freio!

Mal tinha terminado de pronunciar a última palavra quando ela parou a bicicleta tão rápido que acabou tombando e caindo no chão de bruços. Que merda! Eu me apressei ainda mais, parando de joelhos a seu lado, vendo seus ombros tremerem como se estivesse chorando. Ela tinha se machucado? Por que não estava se movendo? O que eu tinha feito?!

Suspirei aliviado quando a virei de barriga para cima, vendo que, na verdade, estava rindo sozinha.

— Acho que você devia ter me ensinado isso antes — falou, ainda rindo, tapando o brilho do sol com as mãos enquanto continuava deitada no chão.

— Você está bem? — perguntei.

— O que você acha?

Sorri, colocando a mão em seu rosto, feliz por saber que não tinha se machucado. Se bem que, se fosse o caso, ela já teria partido para cima de mim fazia tempo.

— Você devia ver a sua cara de babaca assustado. Eu não sou de vidro.

— A conta do hospital não está incluída no nosso acordo. Por isso eu me assustei — expliquei.

— Não, fala sério. Você se preocupa comigo — retrucou, agora em tom mais sério.

— É. Pode ser. — Dei de ombros.

Ficamos alguns segundos nos encarando exatamente na mesma posição: ela deitada no chão, eu de joelhos a seu lado, com a mão em seu rosto, acariciando sua bochecha com o polegar. Melissa sabia que a última coisa que eu queria era que ela se machucasse. Tanto física quanto emocionalmente. Eu estava ali para ajudá-la.

Não pude deixar de lembrar o que tinha acontecido três semanas antes, naquela praia em Ilhabela onde eu a beijei pela primeira (e única) vez. Eu poderia fazer isso de novo bem ali, naquele momento, e... porra, como eu queria! Ainda mais com ela me olhando daquele jeito, mordendo o lábio, como se fosse de propósito. Sussurrou:

— Olha, eu não quero continuar passando vergonha, deitada no chão na frente de toda essa gente. Então, se você não for me beijar agora, acho melhor me ajudar a levantar.

Sorri de leve. Era o que eu mais queria fazer, só que... maior do que a minha vontade de ter Melissa nos braços era o meu desejo de vê-la feliz, e um relacionamento entre nós só estragaria tudo o que tínhamos construído até então. Meu objetivo era ajudá-la, e não enfiá-la no turbilhão de sentimentos e preocupações que seria ter um relacionamento com alguém com uma doença incurável.

Eu me levantei, ajudando-a a fazer o mesmo, e não pude deixar de notar o olhar de decepção que ela me lançou antes de pegar a bicicleta e empurrá-la na direção dos meus amigos, sentados a alguns metros dali. Mais uma vez, graças a um breve momento de distração do acordo, estávamos em um clima estranho.

— Muito bem! — disse Victor, sorrindo para Melissa de um jeito gentil. Como esperado, ela não retribuiu de muito bom grado, enquanto se sentava abraçando os joelhos.

— *Eu vi o que aconteceu* — Diana me falou na linguagem de sinais. — *Por que você não fica logo com ela?* — perguntou, e todos ficaram nos encarando, como se esperassem que eu traduzisse. Não. Aquela era a nossa língua secreta.

— *É complicado* — respondi.

— Burro — ela falou em voz alta, cruzando os braços.

— Intrometida — respondi, imitando seu gesto.

— Idiota.

— Vocês dois precisam de privacidade? — Melissa perguntou, em um tom mais irritado do que acredito que ela tenha desejado deixar transparecer.

Paramos na mesma hora, voltando o olhar para ela, que estava visivelmente irritada.

— *Ciúme* — Diana explicou com gestos, o que me fez sorrir. Como resultado, a garota se levantou e saiu andando mais uma vez. Quanto exercício para uma tarde só! Caramba! Fui atrás dela, segurando seu braço.

— Ei! Não precisa desse ciúme todo! — falei.

— Eu não tenho ciúme dela! — exclamou. — É só que... eu não entendo por que você teve que trazer essas pessoas. Não podia ser só nós dois, como sempre foi? O acordo só envolve a gente, e é em mim que você tem que se concentrar. Não na surdinha.

— Isso parece ciúme pra mim — retruquei. — E eu sei que o acordo é entre nós, mas, pra que ele funcione, você tem que aprender a conviver com pessoas diferentes. Não só comigo. E tem que parar de...

— Tenho que parar de o quê?! De chamar a sua namoradinha assim? — Fez uma pausa, esperando minha reação à palavra "namoradinha". Como não houve nenhuma além de um sorriso por ver que era tudo questão de ciúme, continuou: — Você é ridículo.

Ela se livrou do meu aperto, dando mais alguns passos para longe e me deixando para trás enquanto eu ouvia alguém se aproximar. Diana parou de pé a meu lado, encarando Melissa se afastar batendo os pés como uma garotinha birrenta que acabou de levar uma bronca do pai, em direção ao local onde tínhamos deixado nossas coisas. Cara, como ela ficava linda zangada!

— E aquelas bexigas que você trouxe? — perguntou. — Seria bom usar agora?

— *Ela só ficaria mais irritada* — falei na linguagem de sinais.

— Se for você, ela não vai — Diana retrucou. — Ela gosta de você. Não gosta de mim. Na verdade, acho que ela me odeia.

Nós nos entreolhamos, e ela me entregou uma das bexigas, com uma sobrancelha levantada e o olhar travesso. Eu não sabia se seria uma boa ideia provocar Melissa assim. Aliás, eu nunca tinha certeza de nada com relação a ela, mas não custava tentar.

Corri até ela, que agora estava parada de costas para mim, mexendo em uma das mochilas que tínhamos levado. Quando cheguei a mais ou menos dois metros de distância, chamei seu nome. Antes que eu pudesse pensar em alguma coisa, ela atirou uma bexiga na minha direção e me acertou bem no peito, encharcando toda a minha camiseta.

— Pensou que eu não tinha visto isso nas suas coisas, vândalo? — perguntou, e eu não sabia se estava fingindo ou se estava realmente irritada. — Eu não sou idiota como você!

— Ah, você vai ver — falei, abrindo o maior sorriso que consegui antes de mirar a bexiga que segurava em sua direção.

— Não! Não! NÃO!! — gritou, correndo para as árvores enquanto eu a seguia.

Se parecíamos duas crianças? Sim. Todos ficaram nos encarando como se fôssemos estranhos quando voltamos e uma enorme guerra de bexigas de água começou? Sim. Mas qual era o problema? Não havia vergonha na felicidade.

Eu a estava levando para casa, e podia vê-la secando o cabelo com uma toalha pelo canto do olho. Estávamos completamente encharcados, mas ver o bom humor de Melissa tinha feito tudo valer a pena.

— Foi um bom dia, não foi? — perguntei, olhando para ela por um segundo.

— Até que sim — murmurou, esfregando as pontas do cabelo mais uma vez. — Seria melhor se você não tivesse levado a sua namoradinha.

— Ela... — comecei, balançando a cabeça, irritado por continuar com aquela história. Estacionei o carro na mesma hora, jogando-o na direção da calçada em frente à sua casa e desligando o motor antes de me virar para ela. — Ela não é minha namorada. Você sabe disso. E eu não sei por que você se preocupa tanto.

— Eu não gosto dela — retrucou, cruzando os braços. — Nem um pouco.

— Por quê?! — questionei.

Ela se limitou a continuar olhando para a frente, para a rua vazia, em silêncio. Esperei até ouvir uma resposta. Não desistiria daquilo, apesar de saber que, seja lá o que ela dissesse, me faria ter vontade de voltar atrás com qualquer regra daquele acordo e simplesmente ficar com ela.

— Eu não gosto dela — repetiu.

— Mel... — Eu a obriguei a olhar para mim e segurei um sorriso. Meu Deus! Como ela era ciumenta! — A Diana não vai mudar nada no nosso acordo. Não vai atrapalhar e nem ficar entre a gente. Se fosse pra eu ter continuado com ela, nós não teríamos terminado. Ponto-final. E ela gosta de você. Não pode pelo menos dar uma chance?

Melissa não tinha dito em voz alta que era tudo uma questão de ciúme e medo de a minha melhor amiga acabar estragando o que quer que tivéssemos, mas eu sabia que essa era a verdade porque era o que eu sentiria se estivesse em seu lugar. Se ouvir aquilo tudo em voz alta, saindo da minha boca, a deixaria mais tranquila, então era o que eu deveria fazer.

— Agora chega de mimimi — continuei, antes que entrássemos naquele clima tenso de sempre mais uma vez. — Já são cinco horas, e você está livre por hoje.

Ela sorriu um pouco, me abraçando brevemente antes de sair do carro sussurrando um "tchau, vândalo". Esperei que entrasse em casa para dar a partida mais uma vez, já permitindo que minha mente se inundasse de mais ideias que poderiam me ajudar a planejar algo para o dia seguinte.

Teclas de marfim

SEIS ANOS ANTES

Daniel

Eu tinha dezesseis anos quando meu pai perdeu o movimento das mãos. Foi uma das piores coisas que vivenciei. Eu já havia perdido pessoas, animais e mais um monte de coisas tristes aconteceram na minha vida, como o diagnóstico da doença dele, mas ver o George, meu maior exemplo e em quem eu me espelhava, sem conseguir mexer os dedos foi aterrorizante.

Ele não podia mais tocar, escrever, desenhar... nada. Nenhuma das coisas que me ensinou a fazer era possível agora. Nessas horas a gente vê como a vida pode ser injusta.

Foi naquela época que aprendi que, não importava quão boa uma pessoa fosse, nada poderia protegê-la de seu destino, fosse ele bom ou ruim. Mas que, apesar de toda a injustiça que o universo pode ter nos preparado, devemos pelo menos tentar fazer a nossa vida valer a pena. Não é a vida que importa, mas como a vivemos, como tocamos o coração dos que nos cercam e o legado de amor que deixamos para aqueles que ficam quando partimos. Essa foi uma das lições que meu pai me ensinou quando, por um momento, duvidei de que vale a pena viver intensamente cada momento.

— Eu não posso — falei, de repente, parando de tocar. — Não posso tocar sabendo que você não pode mais fazer isso. — Olhei para meu pai, sentado no banquinho do piano ao meu lado. — É injusto.

— Do que você está falando, Daniel? — perguntou, com um olhar confuso. — Isso é...

— É sério! — completei, mesmo sabendo que não era isso o que eu diria. — É a coisa mais séria que eu já falei na minha vida. Não vou tocar nunca mais. Não mereço fazer uma coisa que você não pode, sendo que foi você quem me ensinou a fazer isso.

Ele me encarou por alguns segundos, descrente.

Naquela época eu tinha o estranho sentimento de que cada uma das coisas que dizia e fazia deveriam ter uma quantidade predeterminada de heroísmo (ou qualquer outro sinônimo). Como se sentisse que minha vida seria tema de algum filme em que deveriam me retratar claramente como "uma pessoa boa, corajosa, justa e solidária". Haha. Se eu soubesse que não precisava de um grande motivo para ser cada uma dessas coisas, talvez não tivesse feito aquela promessa ridícula. Mas eu tinha um bom motivo, então foi um erro perdoável.

— Menino, não foi assim que eu te criei. Você está sendo um idiota. Essa é a pior promessa que eu já ouvi na vida.

George nunca fora aquele tipo de pai razoável, que media as palavras quando falava com os filhos; essa era uma das coisas que eu mais gostava nele. Ele nos ensinou que, na vida, quando necessário, é sempre bom escolher palavras firmes e certas para expressar os nossos pensamentos. Sem hesitação. Antes uma verdade dura e certa do que uma mentira amena. Só a verdade constrói e nos permite ser o melhor que podemos ser. Esse era o meu pai: falava o que pensava, sem meias palavras, sempre buscando nos ensinar a enfrentar o mundo e nos tornando mais fortes.

— Não existe uma boa razão pra você fazer isso, Daniel — continuou. — Ainda mais sabendo que daqui a algum tempo eu não vou estar mais aqui, e, quando chegar no paraíso e estiver ao lado de Deus, vou poder voltar a fazer cada uma das coisas maravilhosas que eu perdi a capacidade de realizar em vida. Você não. Vai continuar aqui, preso a palavras que um dia disse e colocou na cabeça por um simples impulso. — Colocou a mão em meu ombro, fazendo com que eu voltasse o olhar, antes fixo nas teclas do piano, para ele. — Se existe uma coisa de que eu tenho certeza é como uma simples melodia pode nos fazer sentir tão livres e felizes quanto o amor, que é o sentimento mais poderoso do mundo. Se ambos vierem do seu coração e forem puros, frutos de uma vontade sem necessidade de receber coisas em troca, podem ser igualmente bonitos. E eu faço essa comparação para que você saiba a importância que a música tem. Ela pode ajudar a reconstruir ou destruir vidas. Assim como pode provocar sorrisos, pode muito bem levar às lágrimas. São coisas que o amor também faz, e, se você está desistindo de um, é uma prova de que não dá importância ao outro.

— São coisas diferentes — respondi.

— Não. Não são — disse, com um sorriso, antes de se levantar e me deixar sozinho no meio da sala, tentando entender o sentido daquelas palavras.

Como falei antes, eu tinha aquele sentimento idiota de que deveria ser um tipo de herói, então coloquei na cabeça que uma promessa era uma promessa, e que, se já havia dito em voz alta que nunca mais tocaria, então era o que eu deveria fazer, mesmo se me arrependesse depois. Mesmo que já estivesse arrependido.

Aprendi a tocar quando tinha sete anos. Foi um ano agitado. Eu frequentava as aulas de libras por causa de Diana, cantava no coral da igreja do meu pai e revezava meu tempo entre brincar com os amigos, com minha irmã e rabiscar algumas coisas com caneta nas paredes brancas do meu quarto. Eu amava fazer cada uma daquelas coisas, mas nada me deixava mais feliz do que ter uma hora sentado em frente àquele grande piano cheio de teclas que faziam sons diferentes e criavam músicas se tocadas na ordem certa.

Desistir disso por um motivo simbólico que eu pensava que faria a vida ser mais justa com meu pai não era uma coisa fácil, mas eu tinha acabado de fazer meu juramento. E ainda não sabia quanta falta isso poderia me fazer.

Fiquei encarando as teclas por alguns minutos, como se me despedisse, antes de me levantar e ir para o meu quarto. Mal tinha sentado na cama quando senti o celular vibrar no bolso. Nem mesmo sabendo que era uma mensagem de Diana me senti melhor.

Oi ♥ Tudo bem aí? Seu pai está bem?

Oi! Mais ou menos... Parece que o meu pai está lidando melhor com a situação do que eu, por incrível que pareça.

Se precisar de alguma coisa, é só me chamar. Você sabe que eu vou praí rapidinho.

Obrigado. Boa noite ☺

Boa noite! Amo você ♥♥♥

Ah... aquela palavra mais uma vez. Era uma das coisas que mais me assustavam, e só de ver Diana mandando aquilo para mim, quase me obrigando a responder que também a amava, meu estômago revirava.

Não é que eu não gostasse dela. Eu a conhecia desde que éramos bebês, e ela era minha melhor amiga/namorada. Diana era uma das pessoas mais importantes da minha vida, e eu confiaria qualquer coisa a ela, mas não sabia se chegava a ser amor. Pelo menos não do jeito que era esperado.

Também amo você ☺

Mandei, sabendo que ela não ficaria nem um pouco convencida ou feliz com aquela carinha que tomava o lugar de um coração.

E, de novo, obrigado por tudo.

Tentei amenizar um pouco o clima. A última coisa que eu queria era magoá-la.

— Daniiiiiiiii! — Ouvi Helena chamar, batendo na porta. — Você vai me ajudar a fazer aquele trabalho?

— Não posso agora, Lena. Depois eu te ajudo.

— Daaaaaaaniiiiiiiiiiiiiii! — repetiu. — Vaaaaaamooooooos! Você prometeu!

Ela estava naquela fase em que ser irritante é um tipo de hábito. Ou talvez o fato de eu ser um adolescente de dezesseis anos tentando lidar com a chatice de uma pestinha de onze fizesse as coisas parecerem um pouco mais dramáticas.

— Depois eu vou! — reforcei.

— Daaaaniiiiiii! — ela choramingou de novo.

— Eu já disse que vou daqui a pouco, Helena! Que saco!

— Você é um chato — reclamou. — Se eu ficar de recuperação, a culpa é sua.

— Difícil isso acontecer, considerando que é um trabalho de inglês, e que você faz aula desde que tem cinco anos — murmurei, ouvindo-a se afastar da porta.

É claro que eu a ajudaria, afinal tinha prometido (mais uma vez a história de nunca quebrar uma promessa), mas não estava com cabeça ainda. Não fazia nem vinte e quatro horas que os dedos do meu pai tinham falhado para nunca mais voltarem a se mover.

Eu pesquisava muito sobre a doença dele quando tinha aquela idade, e sabia que a chance de eu ou Helena termos herdado o gene era algo em torno de cinquenta por cento. Isso era muita coisa. Muita chance. Pensar que um dia poderia ser eu ou a minha irmã naquela situação era... apavorante. Mas não era porque víamos a chuva do outro lado da janela que significava que ela iria nos molhar. Por enquanto, o futuro parecia bom.

Levantei da cama, pegando de dentro da cômoda completamente suja de tinta que eu tinha no canto perto da janela — onde ficava meu cavalete — uma palheta e alguns pincéis. Peguei também algumas das tintas das quais precisaria e arrastei uma poltrona até lá. O arco de gesso que antecipava o batente da janela era apenas um pedaço de branco sem sentido. Talvez eu pudesse dar um jeito naquilo.

Eu tinha enfiado na cabeça algum tempo antes que pintaria cada centímetro das paredes daquele cômodo com minhas próprias mãos, fazendo meu quarto se tornar um tipo de obra-prima, como a Capela Sistina de Michelangelo.

Era em momentos difíceis que eu sentia mais inspiração, por algum motivo. Era como se meu cérebro, inconscientemente, procurasse algum tipo de consolo na arte quando as coisas pareciam erradas. Sorri, começando alguns dos contornos a esmo. Parecia um maluco falando e pensando assim, mas nunca disse que era completamente são.

Na minha cabeça existia um turbilhão de sentimentos. Eu me via confuso, perdido e triste, mas ainda assim esperançoso. Era alguma coisa que eu poderia representar numa pintura? Um grande arco, no qual poderia pintar um tipo de campo com árvores no fundo, ocultando o que viria pela frente. Precisava haver um padrão, para não dar dicas de qual seria o melhor caminho a seguir, assim como acontece na vida. Nada era certo. Nunca. E talvez uma raposa no centro de tudo, encarando a floresta em dúvida se deveria seguir em frente. Elas representam equilíbrio. O bem e o mal, nossa consciência. Seria um bom símbolo.

Desci da poltrona depois de terminar a base, dando alguns passos para trás a fim de ver o resultado de minha mais nova criação, e meu sorriso se abriu ainda mais. O que mais me alegrava era o fato de saber que ninguém entenderia o que aquilo significava.

Eu gostava de coisas que não tinham sentido para os outros, mas que, para mim, eram óbvias. Como um código comigo mesmo, que fazia o mundo ter uma explicação diferente daquela que os outros podiam enxergar e compreender. Era assim que eu olhava para as pessoas também, enxergando coisas tão profundas que às vezes podiam nem existir, mas o simples fato de acreditar que elas existiam era o suficiente para que eu achasse que todos mereciam uma segunda chance.

Mais uma vez, eu parecia um maluco.

Quem não era, no final das contas?

— Daniel? — Ouvi alguém chamar e me virei para a porta do quarto. Quanto tempo havia se passado? Talvez uma ou duas horas.

Meu pai entrou sem que eu dissesse nada, encostando a porta e se aproximando de mim. Abriu um sorriso de aprovação quando viu o desenho.

— Você fez um bom trabalho — disse.

— Eu sei — respondi, olhando satisfeito para o que eu tinha acabado de desenhar.

Em certos momentos da vida é bom ter confiança em nós mesmos. Caso contrário, quem mais teria? Eu me afastei, colocando o material em cima da cômoda mais uma vez e a poltrona de volta no lugar sob o olhar curioso de meu pai. Com certeza ele se perguntava para onde havia ido toda a minha revolta de adolescente indignado com as injustiças da vida. O que ele diria se eu respondesse que a havia misturado com a tinta que tinha acabado de usar para colorir a parede? Será que iria acreditar?

Quando voltei a olhar para ele, depois de ter terminado o que tinha de fazer, seu rosto estava sério. Sério e nostálgico.

— Você sabe que eu vou morrer um dia, não sabe? — perguntou, finalmente.

Juntei as sobrancelhas. Não me lembrava de termos introduzido o assunto "morte iminente" na nossa lista de tópicos mais interessantes a serem discutidos. Ainda assim, isso não me pouparia de responder àquela pergunta.

Balancei a cabeça, sinalizando que não, apesar de ser mentira. Eu sabia que ele iria morrer. A única certeza que temos na vida é a morte, afinal, mas só quando ficarmos todos velhinhos e já tivermos aproveitado tudo o que a vida tem de bom a nos oferecer. Morte prematura, provocada por uma doença incurável, não era algo que eu conseguia aceitar de bom grado.

— Eu sei qual é o problema, e sei que é difícil aceitar, mas vai chegar um dia em que você vai conseguir. O dia em que você vai ver que eu tinha razão em dizer que o amor e o ato de tocar podem ser igualmente libertadores — falou, dando alguns passos em minha direção.

Não. Eu nunca iria aceitar o fato de uma pessoa ter uma doença tão devastadora. Não aceitaria que meu pai, um homem que sempre viveu em função de Deus e das boas ações que ele pedia que fizéssemos, sofresse daquela forma. Para todo bem havia um mal, e para todo mal havia um bem, era o que diziam, mas naquela ocasião eu não conseguia enxergar nenhum desses dois lados. E nem queria.

George sempre queria fazer parecer que sabia do que estava falando, mas, quando o assunto era a morte, nenhum mortal poderia comentar sobre ela com tanta certeza. Isso me deixava irritado, apesar de saber que não deveria. O tal ditado da comparação entre amor e música se encaixava nisso também.

— Quando esse dia chegar, moleque, quando esse dia chegar, você finalmente vai ter aceitado, e então eu vou saber que cumpri a minha missão e finalmente vou poder ir em paz.

Sorri com descrença. Ele queria dizer que, no dia em que eu aprendesse que o amor e a música eram igualmente poderosos, veria que ele realmente sabia do que estava falando e aceitaria sua morte? Só quando eu acreditasse naquele pensamento teria certeza de que tudo o que ele contava e pregava sobre o paraíso era verdade?

Meu pai sabia que eu acreditava em Deus e em tudo o que dizia, mas isso não significava que eu me sentisse seguro. É quase impossível ter segurança quando se trata da vida de alguém que amamos.

Eu não estaria mentindo nem um pouco se dissesse que, em toda a minha vida, nunca quis tanto que alguém estivesse certo.

Salvação

SETE MESES ANTES

Melissa

— Ei! Ei! Ei! Tudo vai dar certo, ok? — falei, colocando as duas mãos em seu rosto e fazendo-o olhar para mim.

Era a primeira vez que eu via Daniel com medo de alguma coisa, e tinha que admitir que isso me assustava um pouquinho também.

Estávamos na sexta semana do nosso acordo, e eu já me sentia muito diferente do dia em que decidimos fazer aquela aposta. Precisava admitir que aquela havia sido a melhor escolha que eu fizera na vida. Ter confiança nas coisas que aquele vândalo me contava tinha virado meu mundo de cabeça para baixo, mas agora eu me sentia como a líder do acordo. Era eu quem tinha que dar apoio a ele, fazendo-o ter esperanças em si mesmo.

Há algum tempo ele havia sido chamado para abrir um show beneficente na igreja em que o pai tinha sido pastor, e o grande dia havia chegado.

Pelo que ele disse, o tal artista era muito conhecido no universo da música gospel, e, como não era o primeiro show que fazia pela igreja, ambos tinham certa amizade. Ele sabia sobre os talentos do vândalo, e aceitou na hora a ideia quando propuseram que fosse Daniel a atração da abertura.

O evento tinha o objetivo de arrecadar dinheiro para a caridade, e muitas pessoas se ofereceram para ajudar na organização, inclusive eu, ainda que tivesse sido obrigada por Daniel. Eu nunca admitiria que ajudaria mesmo que ele não tivesse me forçado.

Fiquei incumbida da organização das barracas de comida, o que me permitiria ficar livre para assisti-lo quando fosse a sua vez de subir ao palco. Confesso que estava ansiosa; seria a primeira vez que eu veria Daniel se apresentar em um show de verdade, fora dos ensaios na faculdade, e sentia um aperto na boca do estômago, quase igual ao que tinha quando me apresentava dançando. Mas naquele momento não podia deixar transparecer que também estava nervosa por ele. Tinha que apoiá-lo e lhe passar segurança.

Quando Daniel descobriu que mais ou menos duas mil pessoas compareceriam, o pânico tomou conta dele. Nunca tinha cantado para tanta gente, e eu entendia completamente essa sensação.

— Como você pode saber disso? — ele perguntou.

— Como você podia saber que eu era a pessoa certa pra fazer um acordo com você? — retruquei, com um sorriso. Como não recebi resposta, o que significava que não havia uma, sussurrei: — Exatamente. Eu simplesmente sei. Agora respire e se recomponha. Seja o vândalo chato e confiante de sempre e eu tenho certeza de que vai se sair bem.

Ele assentiu, se endireitando enquanto eu tirava as mãos de seu rosto.

Havíamos recebido aquela ligação assim que entrei em seu carro para que me levasse ao local em que tudo aconteceria. O show começaria às quatro da tarde, mas tínhamos que chegar lá pelo menos três horas antes para ajudar na organização. Era tempo suficiente para Daniel sofrer um grandioso ataque de pânico. Acalmá-lo parecia uma tarefa mais árdua do que organizar montanhas de comida numa barraca, mas não seria sacrifício nenhum.

Ele deu a partida no carro, suspirando de um jeito ansioso para mim quando liguei o rádio. Perguntei, querendo distraí-lo um pouco:

— A sua família vai estar lá, não vai?

— Os meus pais não. O meu pai não se sentiu muito bem à noite, e a minha mãe decidiu que seria melhor se ficassem em casa. — Fez uma pausa, encarando a rua à nossa frente com atenção. — Os meus tios vão levar a Helena mais tarde.

— E eu e você vamos ficar juntinhos pelo resto do tempo? — brinquei. — Que graça.

— Não se empolgue muito. Eu vou ter que repassar as músicas e o som, e você, srta. Garcia, tem que ajudar em outra coisa.

— Você não parece estar lamentando por isso — comentei, fingindo um tom magoado, o que o fez sorrir.

Era horrível o fato de ele sempre cortar o assunto quando começávamos a chegar a um ponto que se referia aos nossos sentimentos. Eu já estava aceitando que não passaríamos de amigos, e que eu nunca mais teria um beijo tão bom quanto havia tido semanas antes. Chegava a ser cruel.

Seguimos o resto do caminho em silêncio até o parque Ibirapuera, onde aconteceria o evento. Era um bom lugar, já que era aberto ao público e centenas de pessoas poderiam passar por lá e se interessar pela movimentação, participando do show e das doações de última hora. É claro que isso assustava ainda mais Daniel, já que era uma possibilidade ainda maior de a plateia aumentar.

Ele estacionou o carro e nós seguimos para o local onde aconteceria o show, onde as estruturas já estavam montadas e as barracas, quase prontas.

— Daniel, meu bem! Quanto tempo! A paz do Senhor! — uma mulher disse, se aproximando com os braços abertos. Usava uma camiseta branca com o nome do evento, assim como eu e Dani. — Como você cresceu!

Ele sorriu sem graça enquanto ela o abraçava e passava as mãos pelo seu cabelo. Suas bochechas ficaram vermelhas quando ri de sua expressão e da forma como ela falava. Parecia se dirigir a uma criança.

— E quem é essa bela moça? — perguntou, ao se afastar dele, gesticulando na minha direção. — A sua mãe não me contou que estava namorando.

— Ela não é... — começou.

— Eu sou a Melissa — interrompi, estendendo a mão em sua direção a fim de cumprimentá-la. — Nós somos só amigos.

É claro que tinha que ser eu quem daria a notícia antes que o vândalo pudesse fazê-lo. Algo dentro de mim me fazia acreditar que rejeitá-lo antes de ser rejeitada me faria sentir melhor. Era uma pena que isso não resolvesse nada, e que o sentimento péssimo de saber que não tinha chance com ele continuasse lá.

— Ah... — ela murmurou, e seu sorriso diminuiu um pouco. — Eu sou a Sandra. É um prazer conhecer você.

— A Mel vai ajudar na organização das barracas de comida — Daniel contou.

— Ótimo! É sempre bom ter uma ajudinha a mais — a mulher falou. — Venha, minha menina. Eu vou te levar até o seu lugar enquanto o Daniel passa o som.

Assenti, deixando que ela me pegasse pelo braço e retribuindo o sorriso que o vândalo lançou para mim enquanto nos afastávamos, como se dissesse "boa sorte".

Eu iria precisar mesmo, já que iria ficar todo aquele tempo longe dele, em meio a um monte de gente que eu não conhecia.

— O Daniel sempre foi um bom menino, sabe? — Sandra começou a contar, enquanto recheávamos alguns sanduíches de carne louca e os organizávamos em fileiras no balcão da barraca. — Ele cantava no coral da igreja desde pequenininho, e se destacou desde o primeiro dia.

— Imagino — murmurei.

— E não só pela afinação perfeita e pelos lindos olhos azuis, não! — continuou. — Ele sempre tentava ajudar os colegas quando estavam com dificuldade. Ele tem o coração mais bondoso que eu já tive o prazer de conhecer. É um garoto muito especial.

— Não mudou muito — comentei. — Ele continua fazendo isso, só que agora está mais velho e mais bonito. Ele é realmente muito especial. — Essa última frase fez com que uma onda de calor percorresse meu corpo e atingisse em cheio o meu coração.

Ela me encarou com um sorriso nos lábios, como se estivesse vendo diante de si a personificação da garotinha apaixonada daqueles romances bem melosos. Não consegui conter a brasa que tomou conta do meu rosto. Ok, não era para deixar tão claro assim que eu sentia uma atração louca por aquele vândalo. Atração essa que não era retribuída e que teria de ser arrancada de mim o mais rápido possível.

Não era como se eu estivesse apaixonada por Daniel. Não, definitivamente não. Era apenas uma atração física. Só isso. Não havia chance alguma de eu estar gostando dele de verdade. Sem chance mesmo. Era exatamente a mesma coisa que eu sentia pelo babaca do Pedro antes de tudo acontecer, e ponto-final.

— E onde vocês se conheceram? — questionou ela.

Ah, aquela velha história de discussões e latas de tinta sendo chutadas em desenhos me constrangia um pouco. Como eu contaria uma coisa dessas para aquela mulher que só falava coisas boas sobre ele há mais de duas horas? O que ela pensaria de mim? A verdade, provavelmente.

Eu mal tinha aberto a boca para responder quando o vândalo praticamente brotou do meu lado, me dando o maior susto do mundo e quase me fazendo derrubar um dos lanches no chão.

— Nós nos conhecemos no Ano-Novo — respondeu, tentando não rir da minha reação. — Discutimos sobre depredação de obras públicas e eu decidi que deveria mostrar à Melissa a diferença entre cometer um crime e fazer arte, e que a vida é mais colorida do que ela podia enxergar.

Sorri um pouco para ele, voltando a me concentrar no meu trabalho enquanto tentava não deixar claro o fato de achá-lo ainda mais lindo enquanto contava "a nossa história".

— E como você fez isso? — perguntou Sandra.

— Todos os dias mostro pra ela uma coisa diferente e me empenho pra deixá-la envergonhada a ponto de gostar cada vez mais de mim — brincou. — Agora é ela quem tem que dizer se está dando certo ou não.

— Como se você conseguisse me deixar sem graça... — respondi, brincando mas em tom desafiador. — Você vai precisar de mais do que um sorriso bonito e algumas frases feitas pra fazer isso comigo.

Ah, mas ele conseguia. Ainda mais quando sorria daquele jeito para mim. Só que tudo o que me restava era negar e dar uma de durona indiferente e sarcástica na frente dos outros.

Daniel colocou a mão no peito, fazendo uma expressão de dor exagerada, como se tivesse acabado de levar um tiro, cambaleando para trás, o que fez a mim e a Sandra rir. Aquilo não foi bem uma patada, poxa!

Quando se endireitou, juntando as sobrancelhas e procurando alguma coisa no chão e nos bolsos, perguntei, um pouco preocupada, voltando a ficar séria:

— O que houve?

— Eu... eu não sei. Estou procurando... — Fez uma pausa, olhando embaixo da mesa.

— O quê?

Ele voltou a se colocar de pé, olhando em cima da mesa e no chão dentro da barraca, e eu continuei a encará-lo, esperando uma resposta. Esperava que não fosse alguma coisa importante.

— O meu coração — respondeu, voltando a olhar para mim. — Acho que você o roubou.

Sorri mais uma vez, olhando para baixo enquanto sentia o rosto queimar. Idiota. Lá estava Daniel pondo abaixo o meu comentário com categoria. Como sempre. Vândalo! Será que era tão óbvio assim que eu tinha uma quedinha por ele? Atenção: eu disse "quedinha". Qued*inha*. Uma bem pequena, e só às vezes

— Enfim, só vim avisar que estou indo me preparar — disse.

— Devo desejar boa sorte? — perguntei.

— Seria bom.

Assenti, indo para o lado de fora da barraca e ficando de frente para ele. Já começavam a se acumular centenas de pessoas no espaço aberto em que ficava a estrutura do palco, mas os produtos só começariam a ser vendidos em vinte minutos. Assim que esse momento chegasse, os responsáveis pelas vendas tomariam o meu lugar e eu estaria livre para vê-lo se apresentar.

— Está mais calmo?

— Na medida do possível — respondeu, dando de ombros. — Só vai passar de verdade quando eu estiver em cima do palco.

— Você sabe que consegue — falei, colocando as mãos em seus ombros. — Eu sei que consegue. Não há por que ter medo.

Ele me puxou para perto, para o abraço mais apertado que eu já recebi na vida, e enterrei a cabeça em seu pescoço, fechando os olhos e retribuindo com a mesma intensidade. Queria muito que aquilo o fizesse se sentir melhor, que o fizesse ter tanta certeza quanto eu de como ele era capaz.

— Vou procurar por você lá de cima — ele disse.

— Eu vou estar bem na frente. Nem que pra isso tenha que dar alguns empurrões — garanti, o que o fez rir.

Daniel se afastou um pouquinho para poder analisar o meu rosto. Me encarou por alguns segundos em silêncio, com aquele olhar incerto que eu conhecia bem, e que estava presente naquele dia na praia. O olhar de quem quer uma coisa que nunca poderia ter. Beijou minha testa demoradamente, sussurrando um "obrigado" no tom mais doce do mundo antes de se afastar.

— Por quê? — perguntei, enquanto o via dar alguns passos em direção ao palco.

Ele sorriu um pouco, me dando as costas logo em seguida e acelerando o passo. Como a maioria das coisas que me dizia, acho que o motivo daquele agradecimento teria que ficar para minha imaginação descobrir.

Quando Daniel subiu no palco, seu nervosismo era visível. Havia mais de duas mil pessoas com o olhar fixo nele, esperando que fizesse alguma coisa depois de dar alguns passos até um banquinho de madeira, ajeitando seu violão no colo e engolindo em seco, em silêncio. Eu imaginava o tamanho da pressão que estava sentindo naquele momento.

— Ai, meu Deus! Ele é tão gatinho... — murmurou uma garota ao meu lado, para suas amigas.

— É mesmo. Eu queria um desse na minha vida — respondeu a amiga dela.

Encarei as duas com a expressão mais psicopata do mundo, e, quando notaram, se afastaram de um jeito um pouco assustado, murmurando coisas entre si. Bando de pirralhas. Que tirassem os olhos de cima do meu vândalo.

Eu estava parada em frente à grade que nos separava da estrutura do palco, o que significava que o burburinho das pessoas atrás de mim ecoava em nossa direção. A única coisa que eu queria naquele momento era pegar aquele microfone e mandar todos para o inferno por não pararem de falar, mas, considerando que era um evento organizado por uma igreja, pensei que não seria a melhor opção.

Daniel tocou algumas notas, e as pessoas começaram a ficar em silêncio. As luzes estavam fracas e não tinham cores fortes. Algo típico da abertura de um show.

Nós havíamos discutido a sua setlist, e ele me explicou que um dos motivos de ter sido chamado para começar o evento era o fato de conhecer diversas músicas gospel atuais, inclusive em inglês. Uma coisa de que muitos não sabiam é que uma porcentagem grande de jovens começa a curtir esse som por meio de canções internacionais, sem ter ideia do significado. Era isso o que ele iria fazer ali: atrair, pela música, mais pessoas para uma boa causa.

Prendi a respiração, observando-o dar a introdução com notas baixas no violão, antes mesmo que os outros instrumentos começassem a ser tocados. Era uma forma de atrair a atenção das pessoas e mostrar que o show iria começar.

Meu coração parecia tão apertado que eu não me surpreenderia se ele estivesse do tamanho de uma azeitona dentro do peito. Meus dedos estavam gelados, e as mãos, suando.

Algumas luzes piscaram conforme o tecladista começava a fazer seu trabalho, acendendo conforme as notas que tocava. Ele respirou fundo, se aproximando mais do microfone. Engoli em seco. Era agora.

Daniel cantou a primeira estrofe, e uma parte da multidão gritou, como um sinal de que conhecia a música. Sua voz parecia baixa e trêmula por causa do nervosismo. Eu não me lembrava nem de cinquenta por cento das músicas que ele disse que cantaria, mas sabia o nome da de abertura e da de fechamento. Pelo que eu sabia, aquela se chamava: "This I Believe (The Creed)", do Hillsong United.

Logo em seguida veio o refrão, e algumas pessoas já começaram a se juntar a ele, murmurando as palavras como um sussurro, provavelmente ainda em dúvida se realmente a conheciam ou não, ao mesmo tempo em que se perguntavam se Daniel cantava bem.

Minha resposta para essas pessoas era: "SIM, ELE É MARAVILHOSO E SABE FAZER TUDO MUITO BEM". Não que eu fosse admitir isso algum dia em voz alta. Muito menos para ele. Precisava manter minha dignidade intacta.

Eu mal havia piscado e Daniel já tinha chegado ao segundo refrão. Quanto mais versos passava, mais confiante parecia. Incrível: já estava até sorrindo. O sorriso mais lindo do mundo. Pisquei algumas vezes. Não. Sorriso mais lindo do mundo nada. Eu tinha que parar com isso de ficar puxando o saco dele. Éramos só amigos, e era isso o que eu queria: amizade. E uns amassos. Só isso.

Como previsto, a música de fechamento iria começar a cinquenta minutos depois do início do show, totalizando assim uma hora completa para Daniel.

Helena havia chegado com seus tios, e eles se mantiveram próximos à grade também, a apenas algumas pessoas de distância de mim. Eu podia vê-los com facilidade se me inclinasse um pouco para a frente.

Agora o vândalo parecia outra pessoa. Tinha levantado do banquinho, tirado a jaqueta e até trocado o microfone no pedestal por um daqueles de prender na cabeça só para poder andar de um lado para o outro com o violão.

Foi a partir da quarta música que a multidão começou a criar vida e cantar com ele, mesmo que timidamente.

Daniel tinha terminado a penúltima música e feito uma pausa para beber água enquanto trocava o microfone por um normal mais uma vez, entregando o violão a alguém dos bastidores.

O palco havia escurecido, mas, como eu estava bem em frente, podia enxergar quase perfeitamente. Eu o acompanhei com o olhar durante cada um desses segundos, como tinha feito durante todo o evento.

Eu já havia dito uma vez, mas precisava repetir: para mim, Daniel se comparava a um farol. Mesmo a distância, atraía nossa atenção como uma luz em meio à escuridão, nos guiando em sua direção como se aquele fosse o caminho mais seguro. No meu caso, segui-lo era como ir para casa. O melhor destino que poderia existir.

A introdução começou antes de as luzes se acenderem, e todos gritaram mais uma vez.

— Essa vai ser a nossa última música, pessoal! Então eu quero ouvir vocês cantando comigo — Daniel pediu, enquanto todos os instrumentos entravam em sintonia, criando a melodia inicial. Mais uma vez, a plateia gritou.

Sorri, vendo as luzes se acenderem de forma suave, permitindo que o víssemos bem na ponta do palco, nos encarando com o sorriso enorme de quem tinha cumprido sua missão. E ele tinha cumprido, da melhor forma possível.

— *On the day when I see all that You have for me. When I see You face to face, there surrounded by Your grace.** — Por algum motivo, sua voz me pareceu mais linda do que em qualquer outra ocasião.

Talvez fosse o fato de estar cantando sorrindo, com toda a alegria e o amor que poderiam existir em seu ser, ou o fato de que, quando chegou ao refrão, metade da multidão já tinha começado a cantar com ele, mas algo dentro de mim pareceu acender um sinal de alerta.

Alerta de quê? Eu não fazia ideia. Pelo menos não ainda.

— *Where the wars and violence cease, all creation lives in peace, let the songs of heaven rise to You alone.*** — A cada palavra, mais alto ele cantava, e a multidão pareceu despertar, pronunciando cada uma delas com a mesma intensidade. Um arrepio percorreu o meu corpo inteiro.

Ele andava de um lado para o outro no palco, guiando os gestos da plateia, e ela correspondia. As luzes pareciam cada vez mais fortes, e as pessoas começavam a acender a lanterna do celular, enquanto outras levantavam as mãos para o céu, como se estivessem em oração.

A música cresceu até os limites do possível, e parou de repente. As luzes se amenizaram novamente. Ele se ajoelhou no chão, bem perto de mim, no centro do palco, e praticamente sussurrou:

— *For eternity all my heart will give all the glory to Your name.****

Daniel repetiu essa frase diversas vezes, até que cada uma das pessoas que o assistiam soubesse cantá-la com ele. Todos a repetiram e repetiram até que a música voltasse a crescer, e a voz dele ficasse inaudível, mesmo com o microfone.

---

* "No dia em que eu vir tudo o que Você tem para mim. Quando eu O vir face a face, envolvido pela Sua graça."

** "Onde as guerras e a violência cessam, toda a criação vive em paz, que as canções celestiais se ergam somente a Você."

*** "Pela eternidade, meu coração dará toda a glória ao Seu nome."

Quando o som ficou tão alto que meus ouvidos começaram a chiar, ele se levantou e voltou a cantar o refrão, acompanhado pelo público.

Era uma das coisas mais lindas que eu já tinha visto na vida. Eu não conseguia parar de sorrir ao assisti-lo.

Toda aquela energia e beleza o faziam parecer um sonho, uma ilusão em cima daquele palco. O fato de ter conseguido comover cada uma daquelas pessoas só fazia dele algo ainda mais inacreditável.

Eu nunca tinha visto Daniel tão feliz. Aquele lugar pertencia a ele, ou ele pertencia àquele lugar. Nada parecia errado, e era tão bonito... tão bonito... Acho que pela primeira vez em toda a minha vida eu me senti feliz com a felicidade de outra pessoa. Me senti feliz por ele. Tanto que meus olhos se encheram de lágrimas de pura emoção. As mesmas lágrimas que ameaçavam tomar conta de Daniel quando a música diminuiu pela última vez, e a voz da plateia se sobrepôs ao som dos instrumentos, repetindo o refrão várias e várias vezes.

Ele se sentou no chão bem à minha frente quando a única coisa que podíamos ouvir era a voz da multidão, segurando o microfone no colo e observando enquanto todos cantavam. Eu imaginava como deveria ser a vista dali de cima, com todas aquelas lanternas acesas e mãos para o alto, dando a ele uma prova de quanto acreditavam em suas palavras e nele mesmo.

Em menos de uma hora, Daniel tinha passado de um garoto nervoso abrindo um show para uma pessoa extremamente conhecida, para alguém com uma voz e uma personalidade grandiosas, que emocionou a cada um daqueles que o assistiam.

Só que havia algo que nenhuma daquelas pessoas sentia, e era exclusivo para mim. A satisfação de sentir, pela primeira vez, que tudo o que aquele vândalo tinha me ensinado havia, sim, feito algum efeito.

Cantando, Daniel não fizera nada por mim. Não falara meu nome, não dedicara uma música a mim e não apontara em minha direção. Tudo o que ele fez foi se apresentar e se sentir bem por estar em cima do palco, e mesmo assim aquele tinha sido um dos momentos mais felizes da minha vida, porque eu estava feliz por ele. Estava feliz por ter visto que ele conseguiu cumprir sua missão perfeitamente.

Quando, apesar de ver que a música já deveria ter terminado, as pessoas continuaram cantando com a mesma energia de antes, pude ver algo mudar em sua expressão.

Em meio à felicidade em seu rosto, vi pesar em seus olhos, e o sorriso diminuiu até as lágrimas tomarem seu lugar e ele precisar colocar a cabeça entre as mãos para escondê-las. E eu chorei com ele. Provavelmente por motivos diferentes, mas chorei. Por quê?

Em meio a tudo aquilo, toda a boa energia e felicidade que nos envolviam, ouvi mais uma vez a coisa que nos fez chegar até ali. Eu ouvi a felicidade. E ouvi o amor. Só que este veio de dentro de mim, e assim que o senti eu soube que era totalmente diferente de qualquer coisa que já tivesse sentido antes. Mais poderoso, mais bonito e, com certeza, melhor.

Tive certeza de que negar essas coisas seria a pior das atitudes. Admiti-las, não em voz alta, mas para mim, significaria mais do que qualquer outra coisa que tivesse aprendido com Daniel, e eu sabia que aquela havia sido uma das maiores lições que ele me ensinou.

Não, eu não tinha uma queda por ele. Não gostava dele nem o adorava. Eu o amava. Amava cada um dos defeitos e qualidades daquele vândalo, e nada poderia me fazer mais feliz do que dizer aquelas palavras completas, uma ao lado da outra, formando aquela frase que um dia me pareceu impossível de ser pensada ou sentida. Eu o amava, e ponto.

— *You hold me now...** — a multidão cantou, antes de explodir em gritos e aplausos para Daniel, que agradeceu com um murmúrio no microfone e saltou para o espaço vazio entre o palco e as grades em que eu estava.

Assim que parou de pé no chão logo à minha frente e veio direto na minha direção, como se já soubesse que eu estava ali, tudo o que eu consegui pensar em fazer foi abraçá-lo com todas as forças que eu tinha, enterrando a cabeça em seu ombro depois que subiu na grade.

Nem ele e nem eu dissemos nada. Não era necessário. Aliás, acho que nunca foi. Ambos sabíamos o que o outro queria dizer.

---

* "Você me sustenta agora..."

Preferência

NOVE MESES ANTES

Daniel

Melissa tinha sumido. Havia evaporado da face da Terra durante o ensaio, deixando para trás um bilhete com algumas palavras rabiscadas que, num primeiro momento, não fizeram nenhum sentido para mim. Só depois de relê-lo umas quatro vezes entendi o que ela queria dizer: estava indo atrás de Pedro para terminar o que nunca deveria ter começado.

Interessante.

Eu não podia deixar de me sentir, bem lá no fundo, um pouco feliz. Não que eu me alegrasse com as perdas alheias, mas... era de Pedro que estávamos falando. E vê-la se afastando dele, uma pessoa que me parecia ter um potencial enorme para a agressividade e a destruição, seria um alívio. Não só por ser *ela*. Se você conhecesse aquele idiota como eu conhecia, entenderia o que eu quero dizer.

Sem nenhum aviso, ela faltou à aula no dia seguinte. É claro que eu poderia ter ligado e perguntado se estava bem, mas, pelo olhar suspeito, com uma mistura de medo e hesitação, que Fernanda me lançava a distância, senti que a melhor saída seria tirar minha dúvida de uma vez.

— Bom dia, pessoal — falei, me aproximando do grupo no qual ela estava sentada. Todos me cumprimentaram com acenos de cabeça e sorrisos forçados, como esperado. — Fê, posso falar com você um minutinho?

A garota me encarou em silêncio por alguns segundos, como se pensasse se seria uma boa ideia, mas, quando abri o maior sorriso que consegui, pedindo "por favor", logo cedeu.

Nós nos afastamos alguns metros da turma, e só quando tive certeza de que ninguém nos ouviria decidi que era a hora de perguntar.

— O que... — comecei.

— Olha, eu sei o que você quer perguntar — ela interrompeu. — Mas eu prometi que não contaria a você.

Eu a olhei, confuso. Do que ela estava falando? Não havia motivo para Melissa estar fugindo de mim, certo? É claro que eu sabia que, aos olhos dela, eu era um tipo de maníaco psicopata e obcecado que corria atrás dela falando coisas estranhas, mas nós tínhamos nos acertado no dia anterior, antes de voltarmos para o ensaio.

Fernanda arregalou os olhos de leve, mirando através de mim, e eu segui seu olhar para algum ponto perto da entrada da faculdade. As pessoas saíam e entravam, correndo ou andando... e Pedro nos encarava de um dos cantos, com um estranho ar de... satisfação?

Voltei os olhos para ela, agora sério, com aquele olhar de "você precisa mesmo me contar o que está acontecendo". Pela sua expressão quando se concentrou em mim mais uma vez, entendeu exatamente que era isso o que eu queria dizer.

— Eu não posso, Dani. Eu prometi! — falou, num tom quase suplicante.

Permaneci imóvel, encarando-a da mesma forma, mostrando que queria logo uma resposta, sem enrolação. Ela mordeu o lábio, piscando seus olhos grandes para mim e esperando que eu mudasse de ideia. Não ia acontecer.

— Ai, tá bom! — exclamou, suspirando. — A Mel foi atrás do Pedro ontem pra terminar com ele, e ele não gostou nem um pouco.

— Como assim, "não gostou nem um pouco"? — Senti alguma coisa dentro de mim revirar. Algo me dizia que eu não ia ficar contente com a resposta que viria a seguir.

— Não foi legal, Dani — respondeu. — Eu fiquei tão preocupada! Ela estava sangrando, e eu precisei...

— ELA ESTAVA O QUÊ?! — gritei, sentindo como se aquela frase fosse um tipo de soco no meu estômago. — Ela... ela... ela o quê?!

— Eu não sei muito bem como aconteceu. Levei a Mel até a casa dele e insisti que ela me deixasse entrar junto, mas você conhece a Melissa, sabe que quando ela põe uma coisa na cabeça ninguém consegue fazer ela mudar de ideia. — Parou de falar por alguns segundo, e a forma como disse aquelas palavras me deu a impressão de que se sentia culpada. — Eu fiquei no carro, e depois de alguns minutos ouvi a Mel gritando, aí a mãe do Pedro chegou, e mais um tempo depois ela entrou no carro com o rosto todo machucado, e aí eu levei ela pro hospital. Foi horrível!

— Eu vou... — Dei alguns passos para trás, sentindo a respiração acelerar e a raiva dominar por completo minha mente. Tudo o que eu queria naquele momento era encontrar aquele filho da puta e arrancar seus olhos com minhas próprias mãos. — Eu vou matar aquele desgraçado.

Dei as costas para ela, largando minha mochila no chão e me apressando em direção à entrada da faculdade, mas Fernanda me alcançou antes que eu tivesse a chance de entrar, segurando meu braço e pedindo pelo amor de Deus que eu não fizesse nada.

— Como assim?! Você acha que eu não...?

— Eu prometi que não contaria a você, Dani! Ela sabia que isso não ia acabar bem. Por favor, não faça nada. Por favor. Vocês podem se resolver depois, mas, se ela souber que eu contei, vai se sentir ainda pior do que deve estar. Ela não queria que você se metesse em encrenca por causa dela. Por isso implorou que eu não te contasse nada.

Engoli em seco, me segurando para não explodir de ódio e fazendo o que podia para apenas assentir com a cabeça. Era uma baita mentira, e era óbvio que eu daria um jeito naquele babaca, mas Fernanda não precisaria saber disso. Não ainda. E nada do que dissesse poderia me fazer mudar de ideia.

— Ok. Eu não vou... — comecei.

— É bom mesmo — interrompeu mais uma vez. — Agora vai embora, antes que eu mude de ideia e mande você acabar com o desgraçado.

Fernanda me entregou minha mochila, que nem notei que ela segurava, e fez um sinal positivo com a cabeça antes de eu voltar a me encaminhar na direção da sala.

Bufei, me perguntando se faria mesmo o que ela havia pedido.

Eu tinha deixado de ser o Daniel que se metia em brigas havia algum tempo, mas era melhor que não mexessem com as pessoas que eu gostava, pois ele poderia acabar voltando "sem querer".

Quando entrei na sala e dei de cara com ele em uma das primeiras carteiras, precisei respirar fundo e desviar o olhar para continuar. Ainda mais quando jogou sua mochila no chão bem em frente aos meus pés. Eu podia simplesmente me virar e chutar a mesa ou a cara dele depois disso, mas ainda estava me decidindo se deveria matá-lo ou só lhe dar uma enorme surra.

Pela primeira vez no ano, sentei na última carteira, como um sinal de que não estava num humor muito bom. Nem um pouco bom, aliás. Ah, se eu pudesse...

Não tenho ideia do que se passou na aula que começou, já que me concentrei o tempo todo em estudar o melhor ângulo para acertar Pedro com um soco bem doloroso. Quando vi, faltavam só alguns minutos para o sinal do primeiro intervalo.

Eu estava quase calmo, já passando da ideia do homicídio/agressão para a da denúncia (o que seria bem mais educativo para a maioria das pessoas envolvidas), quando ele decidiu jogar a merda no ventilador.

Não era novidade que ele tinha a idade mental de um garoto de doze anos, e nem que gostava de me provocar com infantilidades desnecessárias, mas, infelizmente para ele, aquele não era o melhor dia para fazer isso. Se fosse qualquer outra ocasião, eu simplesmente deixaria passar. Mas não naquele dia.

— Será que alguém pode me citar alguns dos principais gêneros que compõem a música brasileira? — perguntou a professora.

— Que tal a senhora perguntar isso pro geniozinho da sala? — Pedro brincou, fazendo todos se virarem na minha direção.

— E que tal você ir se foder? — retruquei, sentindo a raiva tomar totalmente o controle sobre mim. — Hein, seu covarde?

Todos se entreolharam, surpresos com minha reação. Como eu disse antes: se fosse qualquer outro dia, eu deixaria aquilo passar. Mas não era outro dia, e ele tinha colocado aquelas mãos nojentas na garota que... em Melissa. Um monstro como ele não deveria ser tratado com respeito.

— Daniel... — a professora interveio.

— O que você disse? — Pedro perguntou, interrompendo-a. — O que você disse, veadinho?

— Você quer que eu repita aqui ou lá fora, onde eu posso quebrar a sua cara? — questionei, e ele se levantou da carteira.

— Meninos...

Alguém pulou da cadeira, segurando Pedro antes que ele tivesse a chance de vir para cima de mim. Ah, ele queria começar assim? Me pouparia bastante esforço deixar que se irritasse sozinho.

— Agora, de repente, você acha que pode se meter comigo, moleque?! — ele gritou.

— E agora, de repente, você acha que pode simplesmente bater numa mulher e ficar impune?

— Ah! Há! Então é isso o que te deixou de TPM? — Riu, se livrando do aperto da pessoa que o segurava. — Porque eu toquei na sua namoradinha e ela gostou?

Mais uma vez, foi como se um soco tivesse me atingido bem no estômago. A raiva foi tão grande que chegou a ficar difícil respirar. Eu não ia levantar. Não ia para cima dele. Tarde demais. Alguém já segurava o meu braço, me impedindo de dar um passo sequer na direção dele.

— Você nunca mais vai encostar nela, seu filho da puta, ou eu mesmo... — berrei.

— Eu tenho certeza que ela vai vir me procurar, implorando por mais — ele cuspiu, rindo com descrença. — Porque a Meli...

— NÃO TOCA NO NOME DELA!

— O que você vai fazer?!

Eu teria atropelado cada uma das carteiras que nos separavam naquele momento, se duas pessoas não tivessem decidido me segurar e a professora não tivesse começado a berrar para que eu saísse da sala. Quase precisei ser arrastado para o lado de fora.

Mas aí o sinal tocou, e eu fiquei mais feliz, porque não teria como aquele idiota escapar de mim agora.

Pedro foi o primeiro a sair, para minha surpresa, mas é claro que havia mais pessoas com ele, dispostas a apartar qualquer sinal da briga na qual ele estava querendo se meter (e que eu adoraria que começasse).

— Dani, Dani, calma. — Ouvi alguém falar, enquanto as pessoas começavam a encher o corredor. Só percebi que era Fernanda quando ela se colocou à minha frente, com as mãos nos meus braços. — Não vale a pena brigar com esse cretino covarde.

— O QUE VOCÊ ESTÁ FALANDO, PIRANHA? — Pedro gritou do outro lado do corredor, ainda perto da porta da sala.

A garota fechou os olhos, como se estivesse raciocinando e processando o xingamento, antes de se virar na direção dele, finalmente me soltando. Deu dois passos na direção de Pedro, ficando mais ou menos no meio do caminho entre nós dois, e perguntou:

— Do que você me chamou?

— PI-RA-NHA! Até parece que ninguém sabe que você já abriu as pernas pra metade da faculdade. Se bobear, até pra esse bichinha aí. — Ele gesticulou com a cabeça na minha direção.

— EU VOU MATAR VOCÊ! — Fernanda gritou, e foi a minha vez de segurar a garota, que se debatia. — Seu covarde! Covarde! COVARDE!

Eu a puxei com mais força na minha direção enquanto as pessoas começavam a se acumular ao nosso redor. Murmurei, fazendo-a olhar para mim:

— Eu cuido disso.

— Acaba com ele, Dani — rosnou, se afastando de mim.

Ela mostrou o dedo do meio para Pedro enquanto se enfiava na multidão e seguia caminho para a saída por algum motivo. Voltei a olhar para ele, que claramente se divertia por ter gritado aquilo sobre a garota para que todos ouvissem. Só que agora era a minha vez.

— Não é mesmo, veadinho?! — questionou.

— Pois é. Eu sou tão veado que a sua namorada preferiu a mim do que a você — praticamente cuspi. — E você prefere arrumar briga com ela do que comigo.

— ELA GOSTOU DE APANHAR! — berrou. — Aquela vadia teve o que mereceu!

Foi a gota-d'água para mim. Não vi mais ninguém na minha frente além daquele babaca enquanto ia em sua direção. Eu o acertei com o soco mais forte que consegui dar, derrubando-o no chão.

Ninguém tentou impedir enquanto eu montava nele, descontando toda a minha raiva ao mesmo tempo em que sentia o nariz dele se quebrar sob a pressão do meu punho.

Mas alguém segurou meu braço antes que eu tivesse a chance de dar mais um soco, e quando me virei para afastar quem quer que fosse, e vi que era Melissa, foi como se metade daquilo evaporasse, dando lugar à preocupação.

Eu me levantei rapidamente, enquanto Pedro se contorcia de dor no chão, colocando as mãos no rosto dela, analisando com pesar o que o idiota havia feito. Ela deveria mesmo estar ali? Parecia tão pequena e frágil me olhando daquele jeito confuso...

— O que está fazendo aqui? — perguntei.

— O que vocês estão fazendo? — questionou, irritada, como sempre.

— Olha só o que ele fez... — murmurei, vendo que ela havia precisado levar alguns pontos no supercílio.

Antes que ela tivesse a chance de responder, Pedro me puxou pela parte de trás da camiseta, me jogando contra os armários e me segurando pelo pescoço. Melissa tentou ir para cima dele, mas ele a afastou com um empurrão que a fez atingir os armários atrás de si. Isso fez minha raiva crescer ainda mais. Eu disse que ele nunca mais encostaria nela. E não ia mais mesmo.

Chutei Pedro para trás, fazendo-o cambalear e, antes que pudesse se recuperar, eu o acertei com outro soco, e dessa vez foi no ângulo certo, já que ele caiu no chão, inconsciente, na mesma hora.

Nem dei atenção enquanto todos gritavam, como uma plateia. Corri para Melissa na mesma hora e a ajudei a se levantar do chão, pegando meu cachecol, que havia caído em algum momento, para limpar o que quer que parecesse estar escorrendo de algum ponto em cima dos meus olhos.

Passei o olhar para ela, não podendo deixar de me sentir um pouco mais aliviado ao saber que Pedro não havia tido a chance de machucá-la ainda mais. Estava prestes a perguntar a Melissa se estava se sentindo bem, quando um silêncio ensurdecedor invadiu o corredor, e eu soube que estava encrencado.

Tudo bem, desde que Pedro tivesse entendido com quem estaria se metendo se decidisse ir atrás de Melissa mais uma vez. Agora eu só precisava convencê-la a denunciar aquele covarde para a polícia. Aí, sim, eu estaria completamente satisfeito.

Destinos

TRÊS MESES ANTES

Daniel

— Será que era pra acontecer? — Melissa perguntou, de repente.

Eu não podia deixar de encará-la com fascínio enquanto brincava com os raios de luz que passavam por entre os galhos da árvore embaixo da qual estávamos sentados, analisando como a luz reagia aos movimentos de seus dedos.

Eu estava encostado no tronco, com meu violão no colo, e ela estava sentada virada para mim, tão próxima que seu peito quase tocava o instrumento sempre que eu o movia alguns centímetros para a frente a fim de afiná-lo.

— O quê? — perguntei, ainda decidindo se deveria me concentrar em toda a beleza dela ou no maldito violão, que teimava em não afinar direito.

— Nós dois — respondeu, dando de ombros. — Será que, em algum lugar do universo, estava escrito que um dia você viria me encher o saco até eu topar fazer esse acordo idiota?

Sorri, dando de ombros. Acho que gostava de pensar que sim, e que aquilo era um tipo de missão que eu deveria cumprir antes... Antes de minha doença me consumir completamente.

Melissa passou os dedos pelo meu queixo, me fazendo olhar para ela antes que tivesse a chance de me perder em pensamentos nostálgicos sobre a época em que ainda não precisava de uma bengala para andar de um lado para o outro.

Já fazia quase um mês desde que a havia trazido de volta de Nova York, e ainda tentávamos nos acostumar com o fato de podermos agir como namorados de verdade em vez de evitar contato físico e visual. Não que já não fosse algo quase natural, mas passei tanto tempo tentando não me apaixonar por ela que, agora que podia, era quase impossível acreditar que fosse real, e não fruto da minha mente nem um pouco racional.

— Você não me trouxe até aqui pra ficar afinando esse violão, trouxe? — perguntou, levantando uma sobrancelha e sorrindo de um jeito que eu conhecia bem.

— Não — respondi. — Mas isso me ajuda a me acalmar.

— Por que você precisa ser "acalmado"?

Mais uma vez, me limitei a continuar sorrindo. Não queria estragar o momento. Não ainda. Tinha treinado aquele discurso tantas vezes na minha cabeça, e agora era extremamente difícil me lembrar das palavras. Não que eu nunca tivesse dito a ela que a amava. É só que... ainda não era oficial, e eu não gostava de coisas feitas pela metade.

Para mim, quando tinha a ver com Melissa, nada parecia ser o suficiente. Eu não queria simplesmente estar com ela. Não queria dizer aos outros que estávamos "juntos". Queria dizer que ela era a minha namorada, mas isso só depois de ela ter aceitado que eu o fizesse.

— Se quer mesmo saber — comecei, tentando desviar um pouco o assunto —, acho que era pra acontecer sim. Você acha que eu encontraria uma chata de tanta qualidade tão facilmente se não fosse por um milagre do destino?

— Hahaha. Você é tão engraçado! Já pensou em ser comediante?

— Você já me perguntou isso tantas vezes que estou começando a considerar a ideia.

— Idiota! — exclamou, batendo com força no meu braço, me fazendo me encolher um pouco por causa da dor.

Sorri, voltando a afinar o violão enquanto ela continuava me xingando. Estava engraçado, até Melissa dar uma de Melissa e começar a transformar a brincadeira num tipo de jogo de indiretas sobre eu não dar atenção a ela e estar parecendo que eu havia enjoado da sua companhia... coisas assim.

Felizmente, consegui afinar a última nota a tempo de interrompê-la no meio de seu raciocínio.

— *Estranho seria se eu não me apaixonasse por você* — comecei a cantar "All Star", fazendo-a parar de falar e me encarar daquele jeito confuso e surpreso que eu adorava. — *O sal viria doce para os novos lábios.*

— Eu estava falando. Não sei se você percebeu — ela reclamou, franzindo o cenho.

— *Colombo procurou as Índias, mas a terra avisto em você.*

— É sério, Daniel!

— *O som que eu ouço são as gírias do seu vocabulário* — continuei, sorrindo cada vez mais para ela. — *Estranho é gostar tanto do seu "salto alto" azul...*

— É sério! — exclamou, me fazendo parar de tocar.

Passei a mão pelo seu rosto, tirando um dos cachos da frente de seus olhos, enquanto a encarava com o ar sério que ela queria. Sussurrei, puxando-a para perto, para que me ouvisse bem:

— Eu também estou falando sério, srta. Garcia. Já disse mil vezes que não canto uma música sem um bom motivo. — Fiz uma pausa. — E eu não estou enjoando de você. Caso contrário, não ficaria pensando no jeito como cada letra de cada música pode se encaixar no que eu sinto por você. Eu não pensaria em quanto queria estar ao seu lado sempre que nós estamos longe, e não estaria aqui agora. Entende isso?

Melissa ficou pensando por alguns segundos antes de assentir, suspirando. Não. Ela não entendia e nunca entenderia quão importante era para mim. Se não fosse, eu não estaria tão nervoso para falar uma coisa que dizíamos um para o outro todos os dias. Não estaria com tanto medo de ela mudar de ideia sobre ficar comigo de um segundo para o outro por algum motivo desconhecido.

— Você é e sempre foi o meu destino, Melissa — continuei, quando baixou o olhar para as próprias mãos, ainda frustrada com os pensamentos que ela mesma havia inventado e colocado na cabeça. — Nada nem ninguém poderia me impedir de te conhecer e de ficar com você. E essa é uma das poucas certezas que eu tenho na vida. E eu não poderia estar mais feliz do que estou agora, aqui com você, minha bailarina quase insuportável.

— Você é um chato — murmurou. — Não me deixa nem cair nas minhas próprias paranoias.

— É pra isso que eu sirvo, não é? — brinquei. — Não deixar os outros caírem nas próprias paranoias. Veio escrito na minha embalagem.

— Embalagem? De repente você virou o Ken?

— E você, a minha Barbie — sussurrei, dando uma piscadela.

— Ai, meu Deus. Isso foi *péssimo*, Daniel. *Péssimo.*

Ri da expressão enjoada de Melissa. Eu sabia como ela odiava cantadas prontas e coisas do tipo, mas não deixava de ser engraçado irritá-la daquele jeito bonitinho.

— Mas obrigada por não perder a paciência sempre que eu dou uma de maluca — continuou, passando os dedos pelo meu cabelo. — Eu não entendo como consegue.

— Não é tão difícil — respondi. — Significa que você gosta de mim, e que se preocupa. É melhor do que ouvir um monte de grosserias e bobagens sobre eu estar fazendo você perder a sua vida.

— Você nunca vai superar isso, não é? — murmurou, com um suspiro.

Não que fosse fácil esquecer tudo que ela dissera quando fui atrás dela em Nova York só porque estávamos juntos agora. Ok. Ela disse que havia dito a maioria daquelas coisas apenas para me mandar embora o mais rápido possível, e que nenhuma delas era verdade, mas eu não podia deixar de pensar nelas.

— Provavelmente não — admiti.

— Eu já pedi desculpas, Dani... — começou.

— Eu sei. Não quero que peça de novo — interrompi, colocando o violão de lado e passando os braços ao seu redor, puxando-a para mais perto.

— Então o que você quer? — questionou. — O que eu posso fazer pra te ajudar a superar isso o mais rápido possível? Tipo... agora?

— Acho que eu tenho algumas ideias — sussurrei, me aproximando ainda mais, o que a fez sorrir.

Melissa se inclinou para trás antes que eu tivesse a chance de fazer qualquer coisa, e o sorriso se tornou malicioso. Brincou:

— Acho que qualquer uma dessas ideias seria bem mais produtiva em outro lugar.

— Na sua ou na minha casa? — perguntei.

— Na sua.

— Vamos.

Ela riu enquanto nos levantávamos e eu fazia o possível para segurar a bengala, colocar o violão no ombro e arrastá-la em direção à saída do parque o mais rápido possível.

Oceanos

QUATRO MESES ANTES

Daniel

Quantos segundos preciosos eu fiquei parado em frente àquela porta antes de tocar a campainha, ouvindo-a andar de um lado para o outro no apartamento, conversando com alguém no telefone? Não faço ideia. Só sei que, talvez, se não fossem por esses minutos, as coisas tivessem sido diferentes.

Talvez, se eu tivesse ficado ali por mais algum tempo, desistisse de bater na porta, ou repensasse as palavras que diria quando fosse dar a ela uma explicação para tudo o que tinha acontecido, tornando tudo mais fácil. Ou mais difícil. Suspirei, apertando os dedos no cabo da bengala enquanto tentava encontrar nesse gesto algum tipo de coragem para ir em frente e fazer aquilo que tinha me levado até ali.

Por que nada nunca era fácil quando tinha a ver com Melissa? Por que ela era a única pessoa para quem eu não sabia quais seriam as coisas certas a dizer ou fazer?

Provavelmente era por causa desses questionamentos que eu sabia que a amava. Ela era diferente. Sempre foi.

Toquei a campainha, prendendo a respiração e a ouvi se aproximar da porta na mesma hora, abrindo-a sem nem olhar em minha direção. Logo me deu as costas, preocupada em acalmar quem estava do outro lado da linha.

Eu me mantive imóvel, analisando-a em silêncio, com um misto de alívio e tristeza ao vê-la. Não tinha mudado nada, mas o simples fato de minha última lembrança com ela ter sido tão conturbada já fazia parecer que haviam se passado anos desde nosso último encontro.

— Mas é claro que não, Fê! Deve ser só a... — disse, se virando na minha direção, distraída.

Assim que seu olhar encontrou o meu, Melissa congelou no lugar, deixando o celular cair na mesma hora. Engoli em seco, e meu coração pareceu dar uma cambalhota dentro do peito. Será que um dia ela teria noção de como eu quis abraçá-la naquele momento? De como tinha sentido sua falta?

— Oi — falei, quando o silêncio começou a ficar constrangedor demais.

— O... o... oi — gaguejou, e quase consegui ver a lembrança de um sorriso surpreso surgir em seus lábios. Durou apenas um milésimo de segundo, e logo se foi.

— Eu... posso entrar? — perguntei, fixando o olhar no chão, sabendo que, se a olhasse por mais um segundo, acabaria desabando na frente da porta mesmo. Não. Ainda havia muitas coisas a dizer.

Quando demorou demais para responder, voltei a me questionar se ir até ali tinha sido uma boa ideia. Ela poderia simplesmente me mandar embora antes de eu abrir a boca, e tudo estaria terminado. Eu odiava saber que corria esse risco a cada segundo que passávamos em silêncio.

— Pode — respondeu, se abaixando para pegar as partes separadas do celular. — Claro que pode. Fique... fique à vontade.

Fui em direção ao sofá, fazendo o que podia para não parecer tão dependente da bengala que segurava. Eu sabia quão confuso poderia parecer para ela me ver naquele estado sem uma explicação. Então... eu faria o que pudesse para amenizar as coisas.

Olhei em volta, analisando o apartamento enquanto parava de pé em frente ao sofá. Era cheio de cores, ao contrário do que pensei que encontraria. Bom sinal, acho. Não tinha certeza se a Melissa de antes viveria num lugar com um sofá laranja e poltronas azuis. Era o tipo de pessoa que só teria barras e espelhos se pudesse, para treinar todos os dias o dia inteiro.

— O que você está fazendo aqui? — perguntou, me fazendo despertar do transe.

— Eu disse que a gente tinha que conversar mais cedo ou mais tarde, não disse? — respondi, voltando a encará-la, por mais doloroso que isso fosse para mim.

Assentiu uma vez, se aproximando. A cada passo que dava na minha direção, mais eu sentia meu coração apertar. Estava tão linda com aquele vestido amarelo e florido que eu nem conseguia descrever.

— V... v... você quer sentar? — questionou, gesticulando na direção do sofá, e eu aceitei.

É claro que tentei não parecer um tipo de saco de batatas caindo em cima do sofá a partir do momento em que não consegui apoiar o peso na bengala, mas não deu muito certo. Nunca dava. Eu imaginava o que ela estava pensando sobre aquilo. Coloquei a bengala apoiada em meu colo, apertando o cabo e tentando disfarçar todo o desconforto que eu estava sentindo por não conseguir esconder minha dependência daquele objeto.

Melissa se sentou no canto oposto do sofá, visivelmente desconfortável, apertando os dedos com força na barra do vestido.

— E você achou que a melhor opção era voar até Nova York para vir atrás de mim? — perguntou.

Sim. Com certeza. A melhor e a única opção que você me deu. Bom... pelo menos era isso que eu queria responder, mas a conhecia o suficiente para saber que ela não gostaria nem um pouco, já que provavelmente viria num tom de cobrança aos seus ouvidos.

— Você não atendia os meus telefonemas, não respondia as mensagens... Essa foi a única opção que me restou, apesar de eu precisar esperar as férias.

Não eram bem as férias que eu estava esperando, mas nunca contaria a verdade a ela. O mais difícil foi pensar em quais poderiam ser as palavras certas para explicar o porquê de tê-la tratado de forma tão imperdoável antes da nossa separação. Precisei de tempo para reunir a coragem de encará-la depois de toda a dor que causei, e aceitar que, pela primeira vez na vida, precisaria ser egoísta e implorar que ela largasse tudo e ficasse comigo.

Mesmo que ela não aceitasse, era Melissa que eu amava, e não a deixaria sair da minha vida daquele jeito. Não sem tirar da cabeça dela a ideia de que havia falhado consigo mesma ao confiar em mais alguém que não fosse ela mesma. Ah, eu sabia que era assim que ela pensava. Afinal, já fazia algum tempo que havia aprendido como funcionava aquela mente complexa.

— E sobre o que quer conversar? Duvido que tenha vindo trocar receita de bolo — ela brincou, e eu conseguiria rir se não estivesse tão tenso.

— Acho que te devo uma explicação sobre o que aconteceu — contei.

— Não acha que já disse o suficiente naquele dia? — perguntou, e isso com certeza não serviu para me fazer sentir melhor.

— Melissa... por favor. Torne as coisas um pouco mais fáceis pra mim. Eu...

— Você tornou as coisas mais fáceis para mim? — interrompeu, e seu tom endureceu um pouco mais. — Acho que não.

Já falei em algum momento que estava cansado de discutir com ela? Havíamos perdido tanto tempo trocando respostas atravessadas e cobrando coisas um do outro durante nosso acordo e o tempo que se passou depois dele que chegava a ser frustrante.

Eu não havia ido até ali para continuar brigando. Essa nunca tinha sido minha intenção.

Acho que ela não tinha ideia disso também. Parecia tão assustada e na defensiva que, se eu não me conhecesse, acharia que eu era um tipo de serial killer que tinha ido até lá para matá-la.

— Desculpe — murmurou. — Pode falar.

Mais uma vez me vi em uma encruzilhada, como me senti antes de tocar a campainha. Por que eu sentia que qualquer palavra que dissesse acabaria levando a uma discussão ou a um final nada bom para nossa conversa? Talvez porque fosse a verdade.

— Primeiro, eu queria pedir desculpas — comecei. — Não só pelo que aconteceu naquele dia, mas por todo o sofrimento que eu te causei. Sei que você deve pensar que eu só estava te usando pra conseguir o que queria, e eu entendo. As circunstâncias deram a entender exatamente isso, e eu não te culpo por nada do que você disse. Eu diria o mesmo se fosse você.

Com Melissa, eu sabia que o que funcionaria melhor era a sinceridade. Ela não era o tipo de pessoa que gosta de meias palavras ou enrolação. Isso não facilitava nem um pouco o que eu tinha a dizer, e acho que havíamos chegado ao ponto que eu mais temia bem antes do que eu esperava.

— E eu também acho que você merece uma explicação, mais do que qualquer um. — Fiz uma pausa. Agora não havia mais volta, eu precisava contar, por mais medo que tivesse da sua reação. — Eu estou doente, Melissa. Tenho a mesma doença que o meu pai. Tinha cinquenta por cento de chance de a mutação genética que causou isso nele passar pra mim e para a Helena. Mas fui o único que acabou desenvolvendo — falei o mais rápido que pude, sem parar para respirar, achando que seria melhor despejar tudo de uma vez, como quando arrancamos um curativo bem rápido para não prolongar a dor.

A ELA é uma doença que tem cinquenta por cento de chance de passar para cada filho do portador, e, como já havia um histórico na minha família — primeiro meu bisavô, depois meu avô e então meu pai —, era quase esperado que eu e minha irmã também tivéssemos. Não havia como escapar das probabilidades. Era tudo uma questão de sorte. Sorte que Helena teve, e eu não.

Melissa congelou na mesma posição, parando até de respirar, e eu pude ver o brilho das lágrimas enchendo seus olhos. Não, eu não queria fazê-la chorar.

Não foi para isso que eu tinha ido até lá, mas agora, mais do que antes, aquilo parecia má ideia. Só que eu já havia começado, e precisava terminar.

Enquanto eu continuava falando, e falando, e explicando e contando tudo o que poderia para tentar fazê-la entender a gravidade daquilo e como toda aquela história parecia horrível e assustadora na minha mente, pude vê-la desabar aos poucos na minha frente.

A coisa que eu mais queria naquele momento era secar as lágrimas que rolavam pelas suas bochechas e abraçá-la até que tudo aquilo terminasse. Até que o medo que eu estava sentindo de perdê-la e de morrer passasse, e até que ela finalmente se esquecesse da minha existência e pudesse seguir em frente em paz. Só que eu duvidava um pouco que ela me permitisse fazer isso.

— Quando eu vi a minha mãe e a minha irmã sofrendo tanto pela morte do meu pai, imaginei como seria se fosse comigo — continuei. Simplesmente não conseguia mais conter as palavras que saíam da minha boca, como se precisasse aliviar o peso que sentia em meu coração. — Imaginei você ali, sofrendo tanto quanto elas, por minha causa, e percebi que não era aquilo que eu queria. Porque a última coisa que eu queria era ver você sofrer daquele jeito, então decidi que seria melhor pra nós dois se eu simplesmente me afastasse. E foi exatamente por isso que eu não continuei o beijo aquele dia na praia. Antes mesmo do meu pai, e antes de tudo. Já podia prever que isso acabaria acontecendo. Eu parei porque não queria me apaixonar por você e provocar toda essa dor e sofrimento que acabei causando, mas foi impossível, e todas as tentativas de me manter longe só me fizeram te amar ainda mais. Só que eu nunca pensei que poderia doer tanto desistir de ficar com você.

Não era proposital. Eu só... só não conseguia parar e não podia evitar, porque, conforme as palavras saíam da minha boca, eu parecia estar falando comigo mesmo. Estava admitindo em voz alta quanto sentia medo de perdê-la e de magoá-la como estava fazendo agora.

— E só percebi isso aquele dia, quando nós brigamos. Quando deixei aquele copo cair porque, por um segundo, a minha mão falhou, eu senti como se estivesse começando a perder o controle da minha vida, e fiquei nervoso. Pensei em quanto tempo iria levar para que eu perdesse completamente os movimentos e achei que estava prolongando demais aquele sofrimento. Quanto mais rápido eu me afastasse, menos dor nós dois íamos sentir. Pelo menos foi o que pensei, mas, depois que você foi embora, eu vi que viver sem você é a mesma coisa que não viver — falei, em parte aliviado por finalmente ter dito o que precisava, em parte preocupado com o que viria a seguir.

— Não sei do que você está falando — ela respondeu, sem nem hesitar.

Eu a encarei, confuso, enquanto a via se levantar, dando as costas para mim e abraçando a si mesma.

Por que não olhava para mim? Por que não falava comigo? Ela sabia melhor do que todo mundo como era importante na minha vida, e como eu precisava que... pelo amor de Deus. Tudo o que eu queria era que ela ficasse ao meu lado. Tudo bem se se mantivesse em silêncio e nem mesmo tocasse em mim. Eu só queria sentir que não estava mais sozinho, porque isso foi tudo o que eu senti depois que ela foi embora. Solidão e vazio. Era a pior sensação do mundo.

— Mel, você precisa entender que...

— Eu não preciso entender nada, Daniel — ela interrompeu, finalmente se virando para mim, e o que vi em seus olhos não parecia nada com o que eu imaginava que fosse ver. Era raiva. Raiva e desgosto. — Agora, se você puder ir embora, eu agradeço. Tenho uma audição daqui a uma hora e meia, e não posso me atrasar.

— Mel...

— O quê?! — perguntou. — O que você quer que eu faça?! Não tenho como salvar a sua vida. Sinto muito.

— Mas tem como tornar melhor o que resta dela.

Eu não queria que parecesse que eu estava implorando, mas estava. Sabia que era egoísta e injusto, mas acho que era uma das primeiras vezes em toda a minha vida em que me dava ao luxo de sentir algo assim, por mais cruel e inaceitável que fosse. Isso doía. Doía muito, mas eu não podia perdê-la. Era a última parte da minha vida que eu sabia que ainda poderia ser consertada, e a única que eu queria de volta de verdade.

Eu já havia aceitado a morte do meu pai. Havia aceitado a minha doença. Aceitei a bengala e o fato de ter perdido muito tempo agindo como uma criança que não sabe aceitar a vida como ela é. Não existia cura para a ELA, nem perspectiva de uma. Ponto-final.

Mas eu não aceitaria perder Melissa. Ainda tínhamos uma chance. Eu tinha uma chance e não iria desperdiçá-la.

Eu me levantei, parando na frente dela e interrompendo seu gesto repetitivo de ir e voltar pela sala. Melissa não queria me encarar, mas precisava. Se eu ensinara algo a ela, era a enfrentar qualquer obstáculo que tivesse à frente, não o ignorar, como se não estivesse lá. Mesmo que ela estivesse me imaginando como um empecilho naquele momento, o que provavelmente era verdade.

— Você quer que eu desista, é isso? — questionou, subindo o olhar até mim. — Quer que eu desista do meu sonho pra voltar e ficar empurrando a sua cadeira de rodas? Pra ver você definhar aos poucos? E depois que você morrer, o que eu vou fazer? Você acha que vou conseguir voltar a dançar? Você acha que a Juilliard vai ficar me esperando?

Não era isso o que eu queria. Nunca tinha sido. Saber que era nisso que ela acreditava e era essa a forma como me via era...

Sabe quando você sente que não há mais nada a fazer, e nenhum pensamento parece fazer sentido? Quando o seu cérebro desliga e você não sabe como reagir a alguma situação?

Era assim que eu me sentia agora, enquanto olhava para ela, atônito, sentindo meu coração se partir silenciosamente dentro do meu peito.

O que eu estava fazendo ali? Por que tinha vindo atrapalhar a vida dela? Eu tinha os meus problemas, e não precisava trazê-la para o meio deles.

Naquele momento eu soube que o meu pior medo com relação a Melissa havia se tornado realidade.

Estávamos afundando, e pela primeira vez era eu quem a estava puxando para baixo ao invés de levá-la para a superfície.

Tentei de todas as formas, durante meses, poupá-la de qualquer tipo de aborrecimento que tomasse conta da minha cabeça por causa do fantasma da doença, que me assombrava todos os dias, e sei que devia ter continuado agindo assim. Mas, quando você está se afogando, procura desesperadamente se segurar em alguma coisa para tentar se salvar.

Melissa era minha salvação, por mais que eu lamentasse por isso. Eu nunca quis que fosse assim e tentei mudar as coisas, mas desde que a beijara pela primeira vez soube que não tinha como fugir do nosso destino. Só que a minha tábua de salvação também não estava firme, e agora os dois estavam indo em direção ao fundo sem ter onde se apoiar.

— Eu entendo — falei, e não sei de onde veio isso, já que não conseguia nem mesmo lembrar como formular uma frase.

— Você não entende — sibilou. — Se entendesse, simplesmente teria me deixado em paz, como eu pedi! Se entendesse, não teria vindo até aqui pra pedir que eu desistisse disso tudo pra ficar com você! — gritou. — Porque, se você quer saber, eu estava, sim, conseguindo te esquecer. Estava indo muito bem! E agora você vem e estraga tudo, todo o esforço que eu fiz pra seguir em frente, me enchendo de bobagens, dizendo que está doente e que vai morrer?! Não,

Daniel. Não vai dar certo. Sabe por quê? Porque o amor que eu tinha por você acabou naquele dia em que você foi embora, me deixando pensar que tinha me usado, sem nem se dar o trabalho de dizer tudo isso na minha cara e me dar um motivo bom o suficiente pra terminar comigo que não me fizesse pensar que a culpa era minha!

Ela foi em direção à porta, abrindo-a e gesticulando para que eu saísse, e por alguns segundos me mantive no mesmo lugar, tentando entender como havíamos chegado àquele ponto tão rápido.

— Agora, se você ainda me ama ou se importa pelo menos um pouco comigo, vai embora.

Se eu ainda a amava. Dizer aquela frase com um "se" no meio era impensável para mim. Eu ainda a amava. Sempre iria amar, até o fim da minha vida, e quem sabe até depois. Era por isso que eu faria qualquer coisa que ela me pedisse, sem hesitar um segundo que fosse. Se ela me queria fora dali, longe da sua vida, se aquilo era o melhor para ela, então era o que eu faria. Mesmo que isso significasse que a minha vida teria um ponto-final no instante em que eu passasse por aquela porta. Mesmo que me custasse o pouco de esperança de ser feliz que ainda me restava.

— Adeus, Melissa — falei, passando por ela com a cabeça baixa, sabendo que, se visse seu rosto mais uma vez, todo o resto de compostura e sensatez que eu tinha acabaria sendo jogado no lixo.

Não funcionou muito bem, pois, assim que fechou a porta com força, precisei me apoiar na parede do corredor, sentindo como se todo o ar do mundo já não fosse suficiente. Minha visão estava embaçada por causa das lágrimas, e, a cada segundo que passava ali ouvindo seu choro abafado por causa da porta, mais difícil parecia segurá-las.

O que eu tinha feito?

Por que tinha ido atrás dela?

Será que já não bastava todo o sofrimento que impus a ela quando brigamos antes de ela viajar? Eu não estava satisfeito? Acho que não. Se estivesse, não teria ido até Nova York para magoá-la mais uma vez.

Respirei fundo, tentando me acalmar de alguma forma, sabendo que era melhor sair dali o quanto antes.

Quanto mais rápido me afastasse, mais rápido esqueceríamos, certo?

Errado.

Sob a luz da lua

TRÊS MESES ANTES

Melissa

Assim que entramos no carro, a primeira coisa que fizemos foi nos beijar como se o mundo fosse acabar se não o fizéssemos.

— Eu... eu preciso... — comecei, ofegante, me afastando apenas um pouco.

— Dirige — ele interrompeu, já sabendo que era isso o que eu iria dizer. — Rápido.

Assenti, me virando para a frente e dando partida no carro sem a mínima sutileza, fazendo-o rir. É claro que, depois de rir, quando paramos no farol alguns minutos depois, voltamos a nos agarrar até que os carros atrás de nós começassem a buzinar.

Para evitar brigas de trânsito, evitamos nos tocar ou trocar olhares durante todo o restante do caminho. Foi quase doloroso, mas nada mortal. Pelo menos eu acho que não.

— Chegamos — falei, enquanto estacionava. Tirei o cinto e Daniel me puxou para mais um beijo. — Vamos fazer isso aqui mesmo? — perguntei, antes que ele me fizesse passar por cima do câmbio ou de qualquer coisa que estivesse entre nós.

— Não — respondeu, já se afastando e abrindo a porta.

— Foi o que eu pensei — murmurei, sorrindo e o seguindo enquanto ele abria a porta dos fundos da casa, que dava na entrada da cozinha.

Eu o puxei em direção à sala de estar, e ele me guiou até o elevador depois disso. Claro que, assim que as portas se fecharam e apertamos o botão do primeiro andar, a primeira coisa que ele fez foi me colocar contra a parede do elevador, tirando o violão do ombro para largá-lo no chão, e voltar a me beijar com toda a intensidade do mundo, entrelaçando os dedos em meu cabelo e me apertando com força.

Fiz o que pude para tentar desenrolar o cachecol vermelho do seu pescoço sem me afastar, e pude senti-lo sorrir quando não tive sucesso, precisando da sua ajuda. E, naqueles breves segundos em que nos concentramos em algo que não fosse beijar, notamos Helena parada em frente às portas do elevador, com uma sobrancelha levantada e a boca aberta, como se estivesse prestes a comentar alguma coisa.

Nós nos afastamos com um sobressalto, e ela fechou a boca mais uma vez, deixando que um sorriso malicioso surgisse. Daniel pigarreou, pegando o cachecol que havia caído no chão, enquanto tudo o que eu fazia era grudar o olhar nos sapatos, sentindo as bochechas queimarem.

— Eu ia perguntar se podia pegar o elevador ou se vocês preferiam usá-lo de outro jeito, mas acho que não vai ser mais necessário, não é mesmo? — soltou, nos analisando enquanto passávamos por ela de cabeça baixa.

— Você nem devia pegar esse elevador — Daniel murmurou.

— E vocês deviam fazer isso no quarto — retrucou a garota, o que me fez rir.

Nem me dei ao trabalho de olhar enquanto ele mostrava o dedo do meio para a irmã, continuando a seguir meu caminho em direção ao quarto dele, ajeitando o violão com a mão que não segurava a bengala. Daniel comentou, enquanto abria a porta para mim:

— É incrível como a Helena tem o dom de aparecer nos momentos mais inoportunos.

— É mesmo uma habilidade herdada por poucos — brinquei, indo em direção à cama e me sentando nela, enquanto ele colocava seu cachecol vermelho apoiado na poltrona antes de se aproximar.

Nós nos entreolhamos em silêncio por alguns segundos, não querendo falar em voz alta que aquilo havia feito o clima esfriar completamente, mas sabendo que seria meio inevitável iniciar uma conversa sem deixar isso óbvio.

— Quer saber? — começou. — Eu tenho uma coisa pra você.

— Pra mim?! — exclamei, surpresa, enquanto ele se levantava mais uma vez. — Se sempre que eu vier aqui, ganhar uma surpresa, acho que deveria vir mais vezes.

Ele sorriu um pouco enquanto ia até a cômoda, quase completamente coberta de tinta. Parou em frente a ela e se abaixou, abrindo a última gaveta e a revirando com certa pressa antes de pegar um objeto e guardá-lo no bolso da calça antes de voltar a se aproximar de mim.

— Eu me lembro exatamente do dia em que fechamos o acordo — contou, colocando a bengala de lado e se ajeitando em cima da cama, sentando com as pernas cruzadas em cima dela.

Franzi o cenho, analisando-o com atenção e me perguntando aonde ele iria chegar com aquilo. Eu conhecia Daniel o suficiente para saber que, sempre que estava com aquele olhar pensativo e reflexivo, estava prestes a contar uma longa história.

— Lembro que, assim que saímos do ensaio, era algo perto das seis da tarde e estava escurecendo. O céu começava a atingir aquele tom lilás, e a lua já estava no céu.

— Hum... você está inventando isso agora ou lembra mesmo? — perguntei.

— Que tipo de pessoa você acha que eu sou? É claro que eu lembro. E tenho um bom motivo pra isso, mas vamos com calma. — Ele sorriu, fazendo uma pausa, com certeza tentando se lembrar do ponto em que havia parado. — Foi há mais ou menos... 183 dias.

— Você fez essa conta de cabeça? Impressionante!

— Será que você pode me deixar terminar? — pediu, o que me fez rir.

Não pude resistir à vontade de beijá-lo naquele momento, e apertei os lábios com toda a força do mundo contra sua bochecha, achando graça na falsa irritação dele e "pedindo desculpas" pela interrupção.

— Então, como eu estava dizendo, faz bastante tempo. Seis meses, pra ser mais exato e específico — continuou, e então eu voltei a ficar séria.

Seis meses? Será que eu deveria dizer "já" ou "ainda"? Não tinha ideia. Para mim, se parasse para pensar, era um misto dos dois. Havíamos feito tanta coisa que o tempo passou extremamente rápido, mas, pelo simples fato de ter sido muita coisa *mesmo*, e por termos passado por mudanças drásticas na nossa vida, parecia que fazia anos que eu era aquela garota bêbada e insuportável, e Daniel, o vândalo sorridente e paciente do Ano-Novo.

Acho que pensar assim só me fazia ficar ainda mais apaixonada por ele. Não que fosse muito possível, pois eu já o amava muito, mas... com certeza mudava — para melhor — a forma como eu olhava para Daniel agora. Não que fosse muito possível também... Ah, deu para entender.

— Na noite em que a gente se conheceu o céu também estava belíssimo, não acha? — Algo na forma como pronunciou a palavra "belíssimo" quase conseguiu me fazer rir.

— Não sei. Eu estava bêbada — respondi, e ele me lançou um breve olhar de "você é incorrigível".

— Cheio de estrelas, e com uma bela lua no meio do céu — continuou, ignorando completamente minha resposta. — A mesma que estava lá quando a gente se beijou pela primeira vez, e a mesma que se mantinha imutável naquele baile e naquela noite em que tudo começou.

Mais uma vez eu estava perplexa com o fato de ele conseguir ser tão maravilhoso a ponto de encontrar uma ligação entre os momentos mais importantes que passamos juntos.

— E ela provavelmente estava no céu do lado de fora do aeroporto de Nova York, às cinco horas da manhã, quando você voltou pra mim mais uma vez — descreveu. — Agora, srta. Garcia, hoje, neste dia tão especial que você provavelmente esqueceu que é quando completamos o nosso primeiro mês juntos, eu me pergunto o porquê de não termos mais um momento importante entre nós debaixo deste céu cheio de estrelas e com mais uma lua sobre a nossa cabeça. — Apontou para cima, e eu segui o olhar até o teto do quarto, onde ele havia pintado várias constelações e um céu noturno cheio de estrelas.

Voltei a olhar para ele quando se moveu na cama, se aproximando de mim e tirando alguma coisa do bolso. A coisa que havia pegado da cômoda. Até agora havia uma certa quantidade de humor em seu tom, mas a forma como seu olhar passou a ser sério de um segundo para o outro antes de continuar prendeu ainda mais a minha atenção.

— Eu pensei em um milhão de maneiras de fazer isso sem parecer um pedido de casamento...

— Arrasou as minhas esperanças — brinquei, e ele sorriu um pouco.

— Ou ficar totalmente clichê — prosseguiu, mais uma vez ignorando o que eu disse. — Pensei em fazer uma música e tentei deixar um discurso pronto, mas sei como você gosta da minha espontaneidade. — Isso sim me fez rir. — Então, eu digo: como você é uma das pessoas que eu mais amo, e uma das mais importantes da minha vida, não entendo por que eu continuo insistindo em ficar ao seu lado sem pedir apropriadamente por isso.

— Você quer dizer que...? — comecei.

— Xiu, eu estou falando.

Sorri, vendo-o respirar fundo como se estivesse tentando ganhar tempo para organizar as palavras na cabeça enquanto eu tentava parar de imaginar quão legal seria se eu simplesmente pulasse em cima dele e nunca mais o largasse. Ficava tão lindo quando estava nervoso...

— Melissa Azevedo Garcia, você quer namorar comigo? Oficialmente?

Eu podia fingir hesitar ou brincar dizendo que não, mas essas coisas diminuiriam a importância daquele momento. Tornar tudo uma piada, assim como havia feito durante o seu discurso, só serviria para me distrair do enorme significado que aquilo tinha para mim.

Nunca, ninguém em toda a minha vida havia me pedido em namoro. Não propriamente, e muito menos alguém que eu amasse como amava Daniel. E certamente também não eram caras que gostavam de mim ou me tratavam com o respeito que ele tinha. Para falar a verdade, a coisa mais próxima de um namorado que tive fora o Pedro, e não havia sido uma boa experiência.

Agora, Daniel estava ali, na minha frente, dizendo todas aquelas palavras bonitas, e tudo o que eu conseguia fazer era encará-lo em silêncio com um sorriso idiota no rosto. Eu tinha certeza de que, se ousasse pronunciar uma única letra, lágrimas surgiriam do inferno e me fariam passar vergonha na frente dele. Não era isso o que eu queria. Já tinha chorado o suficiente na frente daquele garoto para que ele pensasse que eu tinha sérios problemas de desequilíbrio emocional ou coisa do tipo.

— Olha... eu sei que é uma coisa muito importante, e que faz um mês que nós estamos juntos, e isso pode parecer muito pouco, mas você sabe que eu te amo — continuou, e agora era visível que estava ainda mais nervoso. — Eu sempre gostei muito de pessoas, e me importo com elas. A minha vida inteira se baseou em ajudar da melhor forma possível qualquer um que eu conhecesse com qualquer coisa que precisasse, e é o que eu amo fazer, mas tudo isso é tão diferente do que eu sinto por você que chega a ser enlouquecedor. — Fez uma pausa. — Eu não... eu não sei como pode ser possível, srta. Garcia, que alguém como eu, que já amou muitas pessoas de muitos jeitos e em vários níveis diferentes, possa ter encontrado, dentre todas essas formas e tamanhos de amor, um diferente. Eu pensei que não seria possível, mas o que eu sinto por você não chega perto de nada que eu já tenha sentido antes, então não tem nada que possa me fazer mais feliz do que ficar com você pro resto da minha vida e fazer tudo o que estiver ao meu alcance pra te deixar feliz enquanto eu puder. Não, não é um pedido de casamento, mas um dia vai ser, eu tenho certeza, e... se o que eu posso fazer agora é pedir você em namoro, então eu sei que é o que eu preciso fazer.

Mais uma vez, Daniel se saía muito bem em conseguir me fazer chorar com categoria. Fazer o que se ele era muito bom nisso?

— E eu comprei isto pra você — continuou, como se até então tivesse esquecido que estava segurando uma caixinha de veludo azul.

Eu a peguei, e o colar prateado com um pequeno e delicado pingente na forma de uma lua incrustada de diamantes piorou ainda minha situação. Voltei a olhar para ele, fechando a caixa e ficando de joelhos na cama. Passei os dois braços ao redor de seu pescoço antes que tivesse a chance de dizer mais alguma coisa, abraçando-o com força.

— Mas é claro que eu quero, meu vândalo preferido — foi tudo o que eu consegui dizer, com a cabeça enterrada em seu ombro, sentindo o cheiro maravilhoso do perfume dele, que eu amava, e os braços dele ao meu redor, retribuindo o abraço. — Eu te amo. Eu te amo, eu te amo e eu te amo. Eu te amo mil vezes, duas mil, um milhão. Infinitas vezes. Eu te amo muito. Mais do que pensei que fosse possível.

Ele se afastou, segurando meu rosto com as duas mãos antes de me beijar, e não houve nenhum segundo em que eu não sentisse que ele estava sorrindo. E eu entendia, porque eu também estava.

— O que você acha de a gente recomeçar de onde parou lá no elevador? — perguntei, de repente.

— Acho uma ótima ideia — respondeu, me puxando mais uma vez.

— E que história foi aquela de "pensei em fazer uma música"? — perguntei, levantando uma sobrancelha.

Estávamos encarando em silêncio as paredes pintadas do quarto dele havia algum tempo, abraçados um ao outro, e a forma como ele passava os dedos pelo meu antebraço parecia quase hipnótica. Apoiei o queixo em seu peito a fim de esperar por uma resposta, e ele sorriu, porque gostava muito de fazer isso.

— Eu não pensei em fazer uma música — disse.

— Você me iludiu então?! Que feio, Daniel...

— Ok, eu pensei, mas... não pensei.

Muito esclarecedor. Engraçado que, independentemente do tempo que havia se passado, ele continuava tão misterioso como sempre fora, sem dar respostas exatas e tentando escapar da melhor forma possível de qualquer pergunta que envolvesse algo que tinha a ver com uma história do passado ou um defeito seu. Eu estava tão acostumada que já compreendera esse padrão. Acabava descobrindo tudo depois.

— Eu não costumo escrever músicas — contou, finalmente. — Na verdade, faz um bom tempo que escrevi a última. Não encontrei um motivo para fazer uma ainda.

— Uau! Então a sua vida está tão desinteressante assim? E eu pensando que você era a pessoa mais aventureira da face da Terra.

Por alguns segundos, eu vi no seu olhar o brilho de alguma coisa que não soube identificar. Parece normal, mas, se considerarmos que era a primeira vez que não sabia ler uma expressão dele desde que ficamos realmente próximos durante o acordo, era muito estranho. A única coisa que consegui identificar foi que não era bom.

— Ei — chamei, tocando a ponta do seu nariz por um segundo para chamar sua atenção, que pareceu ir para o espaço de repente, fazendo-o olhar para mim. Passei os dedos pela sua bochecha com gentileza antes de continuar. — Se você quiser, nós podemos mudar de assunto.

— Não, tudo bem — respondeu, pegando minha mão e beijando a palma. — Eu não escrevo músicas desde que descobri sobre a esclerose lateral amiotrófica. Quer dizer... eu sempre pensei que, se em algum momento iria parar de tocar, não havia razão para continuar.

Daniel era um tipo de caixinha de surpresas para mim. Às vezes podia dizer coisas que me faziam rir durante semanas só de lembrar; outras vezes, contava histórias que me deixavam com lágrimas nos olhos só de ouvir as duas primeiras frases. Essa era uma delas, e não só porque tinha a ver com a doença dele. Era porque também se parecia um pouco com a minha.

Eu tive mais primeiras vezes naqueles meses que passei com ele do que em toda a minha vida. A primeira vez que me senti feliz por alguém, a primeira vez que amei de verdade, a primeira vez que me entreguei por completo a alguém, a primeira vez que sofria por uma pessoa... acho que estava na hora de mais uma: a primeira vez que eu falava em voz alta sobre meus problemas para ajudar alguém além de mim mesma.

— Você, Daniel Oliveira Lobos, é a primeira e única pessoa para a qual eu vou dizer isso: a minha vida sempre foi uma merda. Sim, eu quase sempre tive ótimas condições financeiras, boas roupas, carro, escola... desde os meus quinze anos e durante um período antes disso eu não sei o que é não ter dinheiro pra fazer alguma coisa, mas a vida não é só isso. Então, se você desconsiderar todos os bens materiais que eu tive, a minha vida não foi nem um pouco boa. Cresci com traumas, me tornei uma pessoa desprezível e perdi um tempo precioso me comportando como uma patricinha mimada e nojenta. — Ai... dizer isso em voz alta me parecia mais forte do que quando estava pensando. Mas valia a pena, e era a verdade. — Mas, de acordo com você e todos os seus ensinamentos, que eu tive a honra de ouvir e concordar plenamente, nós não podemos viver conformados com as coisas ruins, e temos que aprender a lidar com os nossos problemas. É isso que você precisa fazer. Assim como me mostrou que o amor existe e que pode ajudar a curar muita coisa e quase todas as dores, acho que eu preciso enfiar na sua cabeça que não pode deixar de viver por causa de uma doença. Falando sério, eu tenho certeza que você sabe de tudo isso, mas é a hora de colocar em prática, não acha?

Nada poderia se comparar ao jeito como ele olhou para mim assim que fechei a boca. Não sabia se era orgulho, tristeza, alegria, confusão, raiva, compreensão ou seja lá mais o que tudo aquilo poderia provocar nele. Daniel estava *surpreso*, e isso não era algo que se via todos os dias.

Ele abriu a boca, prestes a dizer alguma coisa, mas nada além de ar saiu dela, então a fechou mais uma vez. Franziu o cenho, voltando a olhar para a frente e assentindo quase imperceptivelmente com a cabeça. Sussurrou, para si mesmo:

— E ainda tem gente que me pergunta o porquê de ter escolhido você.

— Estou sentindo que um elogio começa a se formular na sua mente. Prossiga.

— Não! Não é nada, na verdade. É só que você é a única pessoa neste mundo que consegue me surpreender de todas as formas possíveis e imagináveis todos os dias.

Ok, era mais um lindo elogio (eu acho), mas ele ainda estava esperando a minha resposta. Só que ele, como sempre, sabia muito bem como desviar o rumo do assunto.

Observei enquanto ele mantinha os olhos azuis atentos nas paredes desenhadas do quarto. A luz iluminava apenas um lado do rosto, entrando alaranjada pelas janelas por causa do pôr do sol.

Estar ali nos braços de Daniel, com o calor dos nossos corpos unidos, se encaixando perfeitamente em um abraço cheio de cumplicidade e intimidade, que ia além de um ato físico, era a melhor coisa do mundo para mim. Seus braços protetores ao meu redor, me apertando com gentileza contra si até que não houvesse nenhum centímetro de distância entre nós, me transmitiam paz, segurança. Não saímos daquela cama desde que entramos no quarto, e eu também não fazia questão alguma de colocar os pés no chão. Não quando minha cabeça estava nas nuvens, como agora, com ele.

— Você tem razão – ele respondeu, finalmente. — Seria hipocrisia da minha parte não seguir todas as coisas que eu digo. É o verdadeiro "faça o que digo, não faça o que eu faço".

— Exatamente — reforcei.

Voltou a olhar para mim, e um sorriso se formou em seu rosto. Eu me senti um pouco aliviada, esperando que todo aquele assunto sério não tivesse acabado com o humor dele. Não havia. Daniel Oliveira Lobos tinha um bom humor quase inabalável.

— E o que a gente faz agora? — perguntou.

— Acho que a gente devia mandar uma mensagem pra sua amiguinha Diana e contar como foi maravilhoso o seu pedido de namoro pra mim. Que tal?! — sugeri, com um sorriso enorme e travesso.

— Eu adoraria fazer isso, se não soubesse que os seus motivos não são tão puros quanto deveriam ser — respondeu.

— Você já é puro o suficiente por nós dois.

Daniel me lançou um olhar malicioso bem provocativo, como se dissesse que duvidava um pouco daquela resposta, e precisei resistir ao impulso de encenar toda a parte do pedido apenas para recomeçar o que veio depois, mas a ideia de contar para Deus e o mundo que agora era definitivo (não que não fosse antes, mas nada melhor do que uma boa história romântica sobre um pedido para partirmos o coração de qualquer atrevida que estivesse de olho na nossa "propriedade") me pareceu um pouco mais satisfatória.

— Ok. Eu mando uma mensagem pro grupo — ele retrucou, vendo que eu não desistiria tão fácil.

— Ótimo. E mande um beijo pra ela por mim — brinquei, dando uma piscadela que o fez rir.

— Você não tem jeito mesmo.

— Eu sei. E é isso o que você mais gosta em mim — retruquei.

Daniel pegou o celular da cômoda e o desbloqueou, não querendo admitir a verdade. Eu estava certa. Sempre certa. E era exatamente por isso que nunca deixei de desconfiar de Diana.

O que ninguém entendia era que eu não tinha medo de ela tentar roubar Daniel de mim. Eu sei que ela nunca seria capaz disso, mas toda a história que tiveram juntos me deixava um pouco insegura. Ainda mais do jeito que... bom. Lembra da história de estar sempre certa? Era por causa dela que eu sabia que Diana nunca tinha esquecido Daniel, e que o amava tanto quanto antes.

A verdade

NOVE MESES ANTES

Daniel

— Eu gosto dela — falei, depois de uma longa pausa. — Gosto dela *mesmo*. De verdade.

Não era a notícia que todos esperavam ouvir, ainda mais depois de tudo o que acontecera entre eles e Melissa, mas era inevitável. Chegaria um momento em que estava tão na cara que eu ficaria parecendo um idiota se não admitisse, então era o que eu estava fazendo: contando aos meus amigos que estava total e completamente apaixonado pela garota que eles odiavam.

Era um beco sem saída? Era. Eles ficariam bravos por eu gostar de alguém que não os respeitava como deveria? Com certeza. Mas não foi de propósito. Era impossível para mim não pensar na possibilidade de gostar dela. Não depois daquele beijo na praia. Ainda mais quando só faziam dois dias desde que havia acontecido, e ela tinha vindo para a faculdade ainda mais linda do que nunca naquela manhã, como se fosse de propósito.

— Não, você não gosta — Michael falou. — Não pode gostar.

— Eu gosto — reforcei. — E nada vai mudar isso.

— Como pode?! — Millah reclamou. — Olha pra ela, Daniel! É completamente o oposto de você!

— É verdade — Vitor concordou. — Vocês não têm nada em comum

— Até parece que dá pra escolher a pessoa de quem vamos gostar — falei, deixando transparecer a insatisfação com o rumo que a conversa estava tomando. — E, se querem saber, é muito fácil amar alguém que gosta das mesmas coisas que a gente. Difícil é aceitar o outro como ele é.

Aí se iniciou uma longa discussão sobre eu estar confundindo as coisas e sobre ela ser uma pessoa detestável que não me merecia e não tinha nada a ver comigo.

Só que eles não entendiam que não importava o que dissessem. O que eu via em Melissa estava muito além do que qualquer um deles poderia enxergar. Desde o primeiro dia, não consegui sentir raiva dela. Eu sabia que havia um motivo para aquele comportamento, e, em vez de odiá-la, decidi oferecer ajuda. O ódio não faz as pessoas mudarem, mas a compaixão sim.

— Você a beijou — Diana concluiu de repente, o que chamou a atenção de todos. — Nesse fim de semana. Beijou e gostou. Essa é a história. Isso é tesão, não amor, Daniel.

Olhou para mim do jeito indignado que eu conhecia bem antes de continuar, agora na linguagem de sinais:

— *Não acredito, Daniel! Você beijou aquela garota! Já não falei quarenta mil vezes pra não se meter com ela?!* — Gesticulava tão rápido que chegava a ser difícil acompanhar. — *A Melissa não é boa, gentil, engraçada ou qualquer coisa que você seja. Entende isso? Não cai na dela. Ela não vai te fazer bem nenhum. Ainda mais nas suas condições.*

— *Que condições?* — perguntei, esperando mesmo que Diana não estivesse insinuando que, pelo fato de eu ter ELA, não podia me apaixonar por alguém. Não era o tipo de comentário que eu esperava da minha amiga, então preferi fingir que não foi isso que ela quis dizer.

— *Você entendeu, Dani. Não foi isso que eu quis dizer. É só que você já tem muito com que se preocupar e...* — continuou.

— Gente, nós não estamos entendendo nada — Vitor alertou, chamando nossa atenção.

— Eu só disse que ele não deveria cair na dela. Só isso — Diana contou.

Suspirei, revirando os olhos e deixando bem claro o fato de eu discordar totalmente de tudo o que estavam pensando e falando.

Não que eu precisasse mesmo da opinião deles com relação a Melissa. Não foram pessoas que a julgaram que estenderam a mão para ela, e isso contava muito para mim.

Antes que qualquer um de nós abrisse a boca para dizer mais alguma coisa, Diana se levantou e foi quase correndo em direção ao banheiro da cafeteria em que estávamos, batendo a porta ao entrar. É claro que fui atrás dela. Não que eu fosse entrar no banheiro feminino, mas eu iria esperar que saísse.

Depois de algum tempo, quando tive certeza absoluta de que ela estava demorando mais que o necessário, e como eu não era esperto o suficiente para pedir que Millah fosse atrás dela por conta própria e a arrastasse à força para fora, decidi que a melhor opção seria entrar.

Esperei o momento em que as únicas pessoas que saíam eram as que eu já tinha visto entrar, até ter certeza de que não havia ninguém lá além dela, já que o lugar não era muito movimentado.

Abri a porta, me apressando para dentro antes que alguém me visse, me sentindo extremamente desconfortável por entrar daquele jeito num lugar proibido para homens. E se eu tivesse cometido algum erro de cálculo e houvesse, sim, outras mulheres lá além dela?

Para minha sorte, eu tinha calculado certo: só havia uma porta fechada no banheiro, a qual eu sabia que protegeria Diana do extenso discurso que eu pretendia fazer.

O grande problema era que ela era surda. Como poderia saber que eu estava ali?

Uma ideia idiota passou pela minha cabeça, mas eu não tinha outra opção. Sabia que não devia fazer isso nem se fosse no banheiro masculino. Merda, Diana, por que você tem que ser tão teimosa e dramática?

Olhei por baixo da porta, me certificando de que era mesmo ela quem estava ali dentro. Entrei na cabine ao lado da dela, subi no vaso sanitário e pulei para o outro lado, me apoiando na divisão de mármore preto. Parei de pé na frente dela, que estava sentada no vaso com as mãos no rosto.

Assim que toquei o chão, Diana ergueu o olhar, dando um sobressalto ao me ver ali. Arregalou os olhos, me empurrando para o lado e abrindo a porta para ver se havia alguém do lado de fora. Não ainda, mas era melhor continuarmos ali dentro. Pelo menos até eu ter certeza de que ela iria conversar comigo.

— *Você tá mais louco do que já era? Bebeu alguma coisa? Fumou? Não devia estar aqui. É o banheiro feminino, seu idiota!* — ela disse na linguagem de sinais com um olhar de reprovação, enquanto eu voltava a fechar a porta.

— *Você não saía! O que queria que eu fizesse? Precisamos conversar* — respondi e cruzei os braços, me encostando na divisória das cabines e deixando bem claro que não sairia dali enquanto ela não me desse atenção. Eu nunca fui o tipo de pessoa que gosta de deixar os outros com raiva ou magoados por alguma coisa que tenha a ver comigo, e Diana sabia muito bem disso.

Ela me encarou por alguns segundos, visivelmente irritada, e só nesse momento notei que seus olhos e seu nariz estavam vermelhos. Ela estava chorando antes de eu entrar. Ótimo. Será que eu não conseguia fazer uma escolha com relação a Melissa sem irritar ou magoar alguém? Aquela garota era um desafio até quando não estava presente.

— Ela não merece você — falou, finalmente.

— E quem merece? — perguntei, já cansado daquela história de "tal pessoa não foi feita para tal pessoa", ou "tal pessoa não é boa o suficiente para tal pessoa".

Nem sempre nos apaixonamos por aqueles que merecem o nosso amor. Aliás, quem somos nós para saber quem merece o quê? Além disso, eu não entendia a insistência deles em achar que eu era algum tipo de divindade intocável que nenhum ser humano na face da Terra merecia. Daniel Oliveira Lobos, assim como todas as outras pessoas no mundo, era um ser humano, um mortal. Eu tinha defeitos e qualidades, e não era um santo merecedor de canonização. Muito pelo contrário. Será que essa verdade deveria começar a ser ensinada nos livros de história antes que mais pessoas começassem a tirar conclusões precipitadas sobre mim? Minha mãe, Diana, Millah, Vitor, Michael e Enzo certamente deveriam ser os primeiros a aprender.

— *Dia, eu sei quem ela é. Eu sei o que ela pensa e como age. Mais que qualquer um de vocês, eu entendo quanto a Melissa pode ser uma pessoa difícil de engolir, mas...* — Parei de falar por alguns segundos, tentando encontrar as palavras certas, que causariam o menor dano ao seu coração, mesmo sabendo que seria impossível. — *Olha, eu não sou perfeito, ela também não, e que se dane se ela tem um milhão de defeitos. Eu enxergo além deles, e sei que ela tem muita coisa boa para oferecer, basta que as pessoas deem uma chance pra ela.*

Abaixei as mãos mais uma vez antes de terminar, percebendo que não havia gesto que pudesse explicar a mistura de sentimentos que dominava minha mente sempre que eu pensava em Melissa, e porque... novamente entraríamos no assunto "O Casal Diana e Daniel do Passado", e eu realmente não queria magoá-la ainda mais.

Não era segredo para mim que Diana nunca havia seguido em frente da forma que deveria desde o fim do nosso relacionamento, mas nunca pensei que fosse possível que levasse tanto tempo para esquecer alguém. Essa era uma das famosas características ruins do amor, que agregavam a ele tantos adjetivos ruins como "cruel" e "destruidor"? Eu tinha medo de descobrir a resposta.

— *Eu sempre vou te amar. Você sabe disso* — falei com certo pesar. — *Mas não da forma que deveria ser para que desse certo e, principalmente, não do jeito que você merece ser amada.*

— Eu não quero falar sobre isso — interrompeu, segurando minhas mãos. — Eu odeio como você não hesita pra falar algumas coisas.

— *Eu preciso* — concluí enquanto me afastava, fazendo a linguagem de sinais ao mesmo tempo. — *Você precisa entender que ninguém que se aproxime de mim vai tirar o seu lugar. É uma droga que seja apenas como amiga, e só Deus sabe quanto eu quis que não fosse assim. Eu tentei te amar, Dia, tentei controlar o meu coração e ordenar que ele sentisse por você o mesmo que você sentia por mim, mas eu estava exigindo uma coisa impossível. Infelizmente nós não temos o poder de controlar os nossos sentimentos, e você sabe disso.*

— Dani, não — ela pediu, e vi lágrimas encherem seus olhos. — Já passou.

— *Não passou, não. Você precisa saber que eu não sou o único cara no mundo, e vai chegar a hora em que você vai encontrar seja lá quem for e vai saber que é a pessoa certa. Por enquanto, fui eu que encontrei essa pessoa, e eu preciso saber que a minha melhor amiga, em quem eu mais confio na vida, não está dedicando todo o seu tempo pra encontrar cada vez mais razões pra odiar a garota de quem eu gosto, em vez de procurar nela as qualidades que eu sei que tem.* — Ainda que ela estivesse chorando, não hesitei por um segundo sequer, porque Diana precisava saber daquilo, e precisava que viesse de mim.

Assim que parei de fazer os gestos para dizer o que eu queria, fiquei olhando para ela, à espera de uma resposta ou de algum tipo de sinal, mas tudo o que Diana fez foi esconder o rosto, se permitindo chorar por causa disso na minha frente pela primeira vez.

Eu me lembrava de quando terminamos. Ela não soltou uma lágrima sequer até chegar em casa, e, depois, eu soube que havia chorado quando sua mãe ligou para minha casa perguntando o porquê de sua filha ter chegado aos prantos. É claro que isso me entristecia, já que a última coisa que eu queria era magoar uma pessoa de quem gostava tanto.

Era compreensível, já que a maior parte dos momentos importantes das nossas vidas, aqueles dos quais sempre nos lembraríamos, haviam acontecido por causa ou na companhia um do outro. O primeiro dia de aula, a primeira briga, a primeira prova, a primeira festa, o primeiro beijo, o primeiro relacionamento, a primeira vez... E eu queria que ela tivesse certeza de que eu não me arrependia de nenhuma dessas coisas, mas que eram lembranças, e elas não escreviam e concretizavam o nosso futuro para sempre. Não era porque seguíamos um caminho que não podíamos mudar de direção de repente. Foi isso o que aconteceu com a minha vida quando descobri sobre a esclerose lateral amiotrófica, certo?

— Eu preciso de você do meu lado, Dia — sussurrei, me afastando um pouco. — Preciso mesmo, mas não desse jeito. Preciso que, em vez de me impedir de cair, você me ajude a levantar depois da queda. Entende isso?

Ela assentiu, suspirando, antes de me puxar de volta para um abraço. Apertou ainda mais os braços ao meu redor, se agarrando a mim com toda a força do mundo. E eu permiti que continuasse ali até se acalmar, fazendo o que eu podia para consolá-la o mais silenciosamente possível, antes que alguém descobrisse que estava ali dentro.

Sentença

DOIS ANOS ANTES

Daniel

— Daniel! — Ouvi minha mãe gritar do andar térreo da casa. — Quanto tempo vai levar pra você vir até aqui?!

— Já estou indo! — respondi, enquanto revirava uma das gavetas do antigo escritório do meu pai.

Estávamos nos preparando para levá-lo ao médico. Era uma consulta de rotina, e precisávamos levar alguns exames que ele havia pedido. O problema era que nem minha mãe e nem minha irmã eram as pessoas mais organizadas do mundo, e não prestavam a mínima atenção ao lugar em que colocavam as coisas.

Sempre que eu precisava procurar alguma coisa para ele, acabava organizando por conta própria seus exames e documentos. Não era nada muito difícil, já que costumávamos frequentar sempre o mesmo laboratório, e a maioria dos exames pedidos era sempre igual. Eu só precisava colocar em ordem cronológica. Acho que a parte mais difícil era ter que lidar com as lembranças que voltavam à minha cabeça sempre que eu olhava para aqueles papéis. Eles mostravam quanto o corpo do meu pai vinha definhando, e quanto a doença o consumia cada vez mais.

Olhei para um dos envelopes por alguns segundos, com certo pesar. Eu escrevia as datas de realização dos exames no topo de cada um deles, para facilitar as coisas quando precisávamos encontrar algum específico. Aquele era do início do ano anterior. Meu pai ainda falava naquela época, e doía pensar que eu nunca mais poderia ouvir aquele tom de voz firme quando nos dava uma bronca, ou cheio de compreensão quando nos consolava se precisávamos de um ombro amigo.

Engraçado como a vida se desenha de formas estranhas à nossa frente. De repente, coisas que são corriqueiras para nós deixam de existir e passam a ser apenas lembranças. Seria bom que a vida viesse com um roteiro, em que poderíamos encontrar todos os itens que perdemos pelo caminho, assim aproveitaríamos cada momento sem hesitar. Eu teria pedido que meu pai me contasse mais histórias, cantasse mais vezes para eu dormir. Teria pedido mais conselhos. Agora era tarde.

Faltava duas semanas para o Ano-Novo, e aquele seria o nosso último dia com "obrigações". Depois, teríamos férias e poderíamos viver como uma família desocupada e feliz. Haha. Quem dera eu acreditasse mesmo nisso. Com todos os problemas entre minha mãe e Helena, era impossível.

— Dani! — minha irmã gritou. — Mais rápido! Nós estamos atrasados!

— Eu estou tentando ir rápido, mas vocês não facilitam... — murmurei, colocando o envelope que encarava na gaveta e abrindo a próxima.

O laboratório que frequentávamos tinha um envelope bem específico, com papel branco e bordas com detalhes avermelhados. Eram todos iguais, variando apenas o tamanho. Eu estava procurando um grande, com a data do início da semana anterior.

— Janeiro, março, maio... — sussurrei. Estava chegando perto, já que ele costumava realizar exames de dois em dois meses. — Julho, setembro... outubro?

Franzi o cenho, surpreso por encontrar um envelope diferente, com uma data de um mês seguido de outro. Não me lembrava de meu pai ter tido algum problema nessa época. Na verdade, ele vinha muito bem nos últimos seis meses.

Eu o analisei por mais alguns instantes, notando que não se parecia com nenhum dos outros exames que meu pai costumava fazer. Era só um envelope aberto com um papel, de um lugar diferente do de sempre.

— DANIEEEEL! — Helena berrou, me fazendo pular.

Por algum motivo, eu sentia que não devia mexer naquilo. Eu sempre sabia os exames que meu pai fazia, e acompanhava os resultados com atenção, esperando por alguma notícia que me fizesse ter mais esperanças. Era estranho que ele não tivesse me mostrado aquele.

Peguei apressadamente os exames de que precisávamos quando minha irmã ameaçou subir para ver o que eu estava fazendo. Depois conversaria sobre ele com meus pais. Não devia ser nada sério, já que fazia alguns meses desde sua realização e eu não havia recebido nenhuma informação com que devesse me preocupar. Não é? Não é?!

Mordi o lábio, pensando que era importante eu deixar de ser tão curioso. Infelizmente, era inevitável. Minha mãe nunca havia me falado sobre aquele laboratório.

— Dani. — Ouvi alguém dizer atrás de mim, o que quase fez meu coração pular pela boca.

— Por Deus, Lena! — Escondi o envelope atrás de mim quando me virei para ela. — Você não devia assustar os outros desse jeito. Não tenho mais idade pra esse tipo de coisa — brinquei, rezando para que ela não notasse a expressão de culpa que devia estar em meu rosto.

— Estava aprontando, mocinho? — perguntou, levantando uma sobrancelha, com o olhar fixado no braço que eu mantinha grudado às costas.

— Ah, não — respondi, sorrindo ao tentar parecer confiante. — Eu estava só um pouco nostálgico olhando tudo isso. — Em parte era verdade.

Ficamos nos encarando por alguns segundos. Ela com seu olhar desconfiado, e eu suando frio, congelado no lugar, como uma estátua. Se eu podia simplesmente contar a ela sobre o exame misterioso e acabar logo com aquilo? Podia, mas nunca fui o tipo de cara que escolhe o caminho mais fácil.

— Entregue isso à nossa mãe — falei de repente, estendendo o exame do qual precisavam. — Eu tenho que resolver algumas coisas aqui. É melhor vocês irem sem mim.

Helena o pegou, semicerrando os olhos, com uma expressão que eu conhecia muito bem. Não tinha acreditado em uma palavra sequer que eu havia dito. Tenho que admitir que, se estivesse em seu lugar, também não acreditaria. Eu era péssimo com mentiras.

— Veja lá o que vai fazer, sr. Daniel — retrucou, indo em direção à porta, com o mesmo olhar de antes. — Se não te falaram sobre isso aí que você está tentando esconder, é porque eles têm um bom motivo.

Era óbvio que minha irmã tinha razão, e era óbvio que eu não deveria deixar de acompanhá-los para meter o nariz onde não havia sido chamado, mas... mas nada. Não havia um motivo. Não havia explicação nem justificativa. Eu estava agindo por impulso, cego pela curiosidade. Por que tudo sempre precisa de um porquê?

Não me movi nem um milímetro até ouvir o carro dar a partida, algum tempo depois. Pela forma como meus pulmões suplicavam por ar, devia ter até prendido a respiração.

— Certo — murmurei, suspirando, antes de voltar a encarar o envelope. — Eu não deveria estar fazendo isso. Mas vou fazer.

Eu me encostei à escrivaninha de madeira ao lado do móvel enquanto pegava o papel de dentro do envelope, cuja parte de cima já estava rasgada, como se o tivessem aberto com toda a ansiedade do mundo.

E foi aí que tudo começou.

Quer dizer...

É claro que não é uma expressão literal. Minha história começou bem antes disso, e a de todos da minha família também, mas...

Sabe quando você faz uma escolha que muda tudo? Uma escolha que, apesar de parecer pequena, influencia o rumo da sua vida tanto quanto qualquer uma daquelas decisões que têm consequências óbvias e enormes?

O fato de eu ter ficado em casa naquele dia só para abrir aquele envelope e ler o que havia dentro foi bem mais importante do que qualquer outra decisão que tivesse tomado até aquele ponto da minha vida. E a merda é que eu não tinha ideia disso.

Quando se espera que, num dia qualquer, você vai abrir uma gaveta esperando encontrar algo simples e, no final, vai deparar com o seu destino?

Naquelas linhas cheias de palavras ridiculamente formais estava escrita a minha sentença de morte. Tem jeito melhor de acabar com o humor de alguém?

Durante mais de metade da minha existência, vi uma das pessoas que eu mais amava no mundo, o meu pai, morrer aos poucos. Eu o vi definhar, perdendo a capacidade de fazer as coisas de que gostava. Eu o vi sofrer, chorar e o vi ter medo. Mas eu não. Fiz tudo o que podia para lhe dar esperanças. O final nós já sabíamos. O que nos restava era escrever o meio da história da melhor forma possível.

Só que foi impressionante a maneira como passamos a sentir as mesmas coisas conforme comecei a crescer e entender o significado de toda aquela situação. Meus sentimentos não eram iguais aos dele, é claro. Estávamos em lados diferentes, e víamos a história por ângulos distintos, mas passamos por tudo juntos. Eu estava lá em todas as suas perdas e vitórias, e elas eram tão importantes para mim quanto poderiam ser para ele.

Mas agora, sentado naquela escrivaninha com o meu destino nas mãos, eu podia dizer com toda a certeza que nunca tinha me parecido tanto com meu pai. Chegava a ser irônico pensar assim, mas não era só da esclerose lateral amiotrófica que estava falando. A semelhança em questão estava na avalanche de sentimentos que veio com aquela notícia.

Foi naquele momento que notei quão invencível o ser humano pensa que é. Temos medo, sim, e vivemos pensando em tentar não arriscar nossa vida.

Aproveitamos o que podemos e tentamos ser felizes pelo máximo de tempo possível. Mas isso é diferente. Não existe certeza. Não há um final ao qual podemos nos apegar. A morte pode vir daqui a um segundo, mas também pode vir daqui a oitenta anos. Ainda existe aquela esperança de que teremos mais um dia ou mais um mês, e isso nos faz esquecer por vezes que somos mortais.

Quando se tem uma sentença, um desfecho certo para o final da nossa história, tudo muda. É quase de um segundo para o outro. O tempo suficiente para processar a informação. Quando essa mudança acontece, é insano. Enlouquecedor. Você sente raiva, medo, tristeza, impotência, confusão... tudo ao mesmo tempo, e numa intensidade tão grande que eu pensava que nem era possível.

Larguei o papel em minhas mãos, deixando-o cair no chão, mantendo o olhar vítreo no lugar que ele ocupava antes. Não sabia o que fazer. Estava tudo tão confuso que havia me esquecido até mesmo de respirar.

Eu não tinha uma hora de vida, ou um dia. Tinha meses, e anos, mas não era fácil pensar assim. Parecia que, de uma hora para a outra, o mundo que eu conhecia desabaria sob meus pés, levando consigo tudo o que eu amava e conhecia.

"Força." Essa era a palavra da qual eu deveria me lembrar, não é? Eu precisava ser forte, e não chorar como uma criança. Conhecia muito bem aquela doença e sabia que... que merda! Eu não conseguia nem ter forças para me manter de pé! Imagine pensar esse bando de baboseiras sobre um futuro possível!

Sentei no chão, colocando as mãos na cabeça e entrelaçando os dedos no cabelo, sentindo lágrimas encherem meus olhos.

Não sabia o que pensar, e nem como agir. Era como se todos os pensamentos que eu pudesse ter naquele momento tivessem sido sugados da minha mente. Tudo o que podia fazer era sentir, e acho que nem isso conseguia fazer direito.

Eu tenho esclerose lateral amiotrófica.

Tenho uma doença degenerativa sem cura.

Fim.

Cachecol vermelho

SETE DIAS ANTES

Daniel

Faltavam sete dias para a apresentação de fim de ano da faculdade, e eu havia decidido passar o fim de semana na nossa casa de Ilhabela. Não sei direito por quê. Foi só aquela velha intuição que me fazia querer fazer as coisas sem uma explicação certa.

Pela primeira vez em meses, fui até lá sozinho. Essa decisão deixou Helena e minha mãe surpresas, é claro, mas eu precisava espairecer. Além de estar sentindo muita falta dos meus pequenos amigos no hospital. Já fazia algum tempo que eu não voltava lá, mais precisamente desde que os sintomas ficaram mais limitantes.

Me deslocar de São Paulo para o litoral era algo que exigia ajuda, já que eu não conseguia mais dirigir, e nem sempre tinha alguém disponível para me levar, ainda mais com toda a correria das preparações da apresentação. Mas eu sentia que precisava ir até lá. Aqueles pequenos enfrentavam uma doença cruel e fatal, e estavam nos momentos finais da luta. Cada dia para eles era uma batalha pela vida, e nós nunca sabíamos qual seria o último. Tempo era uma coisa que eles infelizmente não tinham. Eu precisava vê-los. Poderia ser a última vez.

Eu odiava pensar assim, mas era a verdade. Não dava para simplesmente fechar os olhos para a situação.

— Você está bem mesmo, Dani? — Melissa perguntou pelo celular.

— Estou sim. Não se preocupe — respondi, sorrindo de leve.

— Tem certeza de que o motorista está te levando pro lugar certo?

— Absoluta.

Ela ficou em silêncio por alguns segundos, como se duvidasse da minha resposta. Eu estava prestes a perguntar se estava falando com minha mãe ou minha namorada quando Melissa se pronunciou mais uma vez, com um tom um pouco mais duro.

— Que ideia, Daniel! Você não... Você sabe que... E se alguma coisa acontecer e você precisar de ajuda?! E se...

— Ei, srta. Garcia — interrompi. — São só dois dias. Eu consigo fazer isso.

— Eu vou até aí — disse, ignorando completamente minha resposta.

— Não, Mel. Estou falando sério. Eu preciso fazer isso. Sozinho.

Eu a ouvi suspirar, e não pude deixar de achar graça em sua reação. Continuava tão neurótica quanto era quando a conheci. Era uma característica dela, algo que acordo nenhum poderia mudar.

— Assim que chegar, me mande uma mensagem, ok?

— Ok, mamãe — brinquei, o que resultou num xingamento que me fez rir.

— Eu amo você, vândalo.

— Também amo você, minha bailarina quase insuportável. Mais tarde a gente se fala.

Ela se despediu, e, mesmo quando desliguei o telefone, continuei ouvindo sua voz preocupada na minha mente, fazendo dezenas de questionamentos sobre minha capacidade de me virar sozinho e coisas do tipo. Não era nada que eu não tivesse ouvido antes, mas nunca me acostumava com aquilo. Eu ainda esperava que as pessoas entendessem que não era porque eu precisava de uma bengala que não podia cuidar de mim mesmo.

Apesar de ser uma viagem consideravelmente longa, não passei nem uma hora em silêncio. Recebi telefonemas de minha mãe, minha irmã e mensagens de Diana. Considerei desligar o celular, mas imaginei que aquilo só pioraria a situação.

Só quando avisei que tinha chegado são e salvo tive um pouco de paz. O motorista que minha mãe havia contratado para me levar até Ilhabela, e ficar a minha disposição durante os dias em que eu decidisse passar ali, me ajudou a levar minhas coisas para dentro de casa. Não era muita coisa, só uma mochila com algumas mudas de roupa, uma grande pasta onde eu costumava carregar meus esboços e meu violão. Não seria difícil para uma pessoa "normal" carregar tudo isso sozinho, mas para mim aquilo tinha se tornado impossível, já que agora eu usava uma das mãos para me apoiar na minha companheira de madeira.

Assim que estava devidamente instalado, decidi que iria direto para o hospital. Peguei minha Maleta da Alegria, como costumava chamar uma pequena mochila que guardava narizes de palhaço, pincéis e tintas próprias para pintura de rosto e alguns brinquedos e livros que eu costumava ler para as crianças. Desci a escada e, depois de passar todas as instruções para chegar ao hospital para o motorista, segui em silêncio, sentado no banco de trás, olhando as ruas passarem como se estivesse vendo tudo aquilo pela primeira vez.

O cheiro da maresia entrava pelas minhas narinas e enchia meus pensa mentos de lembranças da infância. Minha mãe deitada em uma espreguiçadeira tomando sol, meu pai sentado ao lado dela lendo um livro, eu e minha irmã correndo pela água, brincando de pega-pega. Como eu sentia falta disso. Risos, brincadeiras, minha família completa e feliz.

Chegamos no hospital dez minutos depois, e segui em direção à ala de oncologia pediátrica. Como sempre fiz, passei pela recepção, cumprimentando as enfermeiras e médicos que estavam de plantão naquele dia. Todos já me conheciam e sabiam da minha situação. Ao contrário do que acontecia quando eu encontrava outras pessoas, eles não me olharam com pesar. Não sei se era pelo fato de já estarem acostumados a lidar com doenças incuráveis e fatais, se é que é possível se acostumar com uma coisa dessas.

Comecei minha ronda da alegria pelos quartos. Em cada um deles encontrava crianças que lutavam diariamente pela vida. Cada uma em diferentes estágios da doença. Quanto mais debilitadas elas aparentavam estar, mais eu me esforçava para fazê-las sorrir.

Quando cheguei ao penúltimo quarto do andar, onde ficavam os pequenos pacientes que não tinham convênio particular e dividiam o quarto com outras crianças, estranhei uma cama vazia. Era o leito onde ficava Duda, uma menina de doze anos que tinha dado entrada no hospital alguns dias antes da primeira vez que eu levara Mel até ali, no início do nosso acordo.

— Sonia, onde está a Duda? Ela teve alta? — perguntei para a enfermeira sentada atrás do balcão, bem em frente à entrada do quarto.

— Infelizmente não, Daniel — respondeu, com o olhar triste. Acho mesmo que ninguém nunca se acostuma com aquilo. — Ela foi transferida para o oitavo andar ontem.

Meu coração apertou no peito. O oitavo andar era para onde as crianças em fase terminal eram levadas. Onde elas recebiam tratamento paliativo para apenas se manterem "confortáveis" e sem dor durante os últimos dias de vida. Nessa fase, geralmente os pais preferiam levar seus filhos para casa, mas alguns não conseguiam fazer isso, e eu os entendo. Lidar com a dor de ver seus entes queridos sofrerem e definharem na sua frente, sem poder fazer nada para ajudá-los é uma coisa que estilhaça a alma de qualquer pessoa, e deve ser ainda pior para um pai.

Corri em direção ao elevador. Eu precisava ver a Duda, me despedir. Tinha me aproximado muito dela na minha última visita ao hospital, mais do que de qualquer outra criança que estivesse ali, acho que por causa da sua história triste: tinha perdido a mãe para o câncer de mama, no ano anterior ao seu próprio diagnóstico de leucemia. Mas ela era valente, e mesmo com a pouca idade não tinha desistido de lutar um dia sequer, nem mesmo quando passava pela quimioterapia e lidava com seus efeitos colaterais. Dizia que precisava ficar boa porque não podia deixar o pai sozinho. Tão pequena, tão frágil e tão corajosa ao mesmo tempo.

Em frente à porta no quarto onde ela estava, precisei respirar fundo, tentando encontrar coragem para abri-la. Eu sabia que o que veria ali não era algo que fosse fácil de lidar sem desmoronar. E não era de lágrimas e lamentos que Duda precisava, mas de um pouco de alegria, alívio para sua dor. Abri a porta e a vi deitada na cama de hospital, o rosto virado para a janela. Não havia nenhum fio de cabelo em sua cabeça, cuja pele mostrava as veias arroxeadas que se espalhavam pelo couro cabeludo. Quando olhou para mim, precisei segurar ainda mais forte a bengala, me equilibrando para não cair. Ela tinha emagrecido muito desde nosso último encontro; seus olhos estavam circulados por grandes olheiras e sua boca, um pouco ressecada, deixou escapar um leve sorriso, que pareceu ter consumido todas as forças daquele pequeno corpinho frágil para surgir.

— Olá, minha pequena rebelde. Pensou que ia conseguir escapar de mim se escondendo aqui no QG do inimigo? Pois estava enganada — falei, tentando não deixar transparecer na minha voz a dor por vê-la naquele estado. — Nunca duvide da força e do poder de busca de um príncipe.

— Príncipes não existem. Deixa essa ladainha pra Sofia. Ela que é ingênua e cai sempre na sua conversinha. Eu já sou adulta, não acredito em contos de fadas — retrucou, com a voz fraca, que mais parecia um sussurro. — E, mesmo que eles existissem, você estaria mais para um sapo do que príncipe — concluiu, me mostrando a língua.

Coloquei a mão no peito, imitando o gesto de quem tinha sido atingido por um golpe fatal, e ela riu fracamente. Sentei na poltrona ao lado da cama e coloquei a mochila no chão. Segurei sua mãozinha e acariciei seu rosto, dando um beijo de leve em sua testa. Eu nunca tinha passado por ali, nos dois anos em que fizera trabalho voluntário, nunca tinha visto uma criança naquele estado. As duas únicas que nós tínhamos perdido nesse tempo tinham sido levadas para casa pelos pais, e passado lá os últimos dias de vida.

— Onde está o seu pai?

— Ele foi almoçar na lanchonete. Ele fica muito mal-humorado quando está com fome, e estava me matando com a chatice dele. Pode acreditar: o meu pai de mau humor é mais fatal do que um câncer — falou, sorrindo.

— Você está com a língua muito afiada hoje, mocinha. O que foi? Não deram morfina suficiente pra você? — respondi, analisando os medicamentos pendurados no suporte. — Isso é inadmissível. Vou fazer uma queixa lá na enfermaria. — Ela riu, agora mais animada.

— Por que você tá usando essa bengala? Chutou a bunda de alguém e se deu mal?

— Na verdade isto aqui é uma arma mortal que eu carrego pra matar todo o mau humor que encontrar pelo caminho. Ainda bem que o seu pai não estava aqui, senão ele seria a minha próxima vítima. — Girei a bengala ao estilo Charles Chaplin e dei uma piscadinha para Duda.

— Tá bom. Se não quer me contar, tudo bem. Mas eu ainda acho que você se deu mal em uma briga e agora está aí parecendo um tripé magricela.

— Tá certo, mocinha. Agora é oficial. Eu estou realmente ofendido.

Nós rimos e depois ficamos por algum tempo em silêncio. Pela primeira vez senti que precisava falar sobre o que estava acontecendo comigo. E foi o que fiz. Contei o verdadeiro motivo pelo qual estava usando aquela bengala, contei sobre a ELA e seus efeitos. Duda me ouviu calada, sem perguntar nada, e eu sabia que ela me entendia. Afinal, nós dois estávamos enfrentando uma doença sem cura, uma sentença de morte. Depois que terminei de falar, ela ficou em silêncio por mais alguns minutos.

— Você está com medo? — perguntou, de repente.

— Medo de quê?

— De morrer — respondeu, em um sussurro.

— Estou — falei, sem titubear, porque eu sabia que discursos sobre sermos corajosos, sobre tudo ficar bem no final, sobre sairmos daquela, não era o que ela precisava ouvir naquele momento. Ela queria a verdade. Precisava.

— Eu também estou — ela confessou, depois de alguns minutos olhando para o teto do quarto. — Mas não estou com medo da morte. Porque eu sinto tanta dor, todos os dias, que ela seria até um alívio. Eu tenho medo de deixar o meu pai sozinho. Eu tenho medo do que ele vai fazer depois que eu for embora.

— Ele vai ficar bem, Duda. — Eu realmente queria que ela acreditasse naquilo. No fundo, eu também precisava acreditar. — Vai ter dias em que ele vai sentir uma dor que parece que está arrancando o coração dele fora, mas, com o passar do tempo, as lembranças dos momentos que vocês viveram juntos vão ser como essa morfina... Elas vão aliviar a dor, e o amor que você sentiu por ele vai ser a força que ele vai usar pra continuar vivendo.

— Dani. — Ela me olhou nos olhos e eu vi uma lágrima escorrendo pelo seu rostinho pálido. — Você acha que tem cachecóis vermelhos no céu?

Adotar o amor

OITO MESES ANTES

Daniel

— Bom dia, flor do dia! — falei com o maior sorriso do mundo, enquanto via Melissa se aproximar do carro com a cara feia de sempre.

Ela não respondeu, fechando a porta sem muita gentileza depois de entrar e voltando o olhar para a rua à nossa frente, como se esperasse que eu desse a partida sem receber um cumprimento.

Eu a observei por algum tempo, me perguntando quantos minutos teríamos que ficar ali para que ela finalmente percebesse que não iríamos a lugar nenhum se eu não ouvisse pelo menos um "oi".

Estávamos em nosso segundo fim de semana desde o início do acordo, e a história do beijo ainda pairava sobre nossa cabeça como um bando de urubus, rondando nossas mentes de um jeito que tornava quase impossível olhar um para o outro sem sentir um pouco de vergonha. Ainda era muito recente, e o fato eu de ter contado aos meus amigos que gostava *mesmo* dela só tornava tudo mais real. Mesmo assim, eu tinha prometido a mim mesmo que agiria como se nada tivesse acontecido, e era o que tentaria fazer.

— Eu posso ficar aqui o dia todo — avisei, depois de algum tempo.

— Vai ser bem difícil, já que você fez questão de me pegar tão cedo — reclamou, ainda sem olhar para mim.

Ah, então era esse o problema. O horário. Olhei para o relógio por um instante só para ter certeza de que não havia me enganado e chegado lá adiantado demais, obrigando-a a acordar de madrugada para me acompanhar. Não. Eram nove horas, como havíamos combinado.

— Que horas você pretendia acordar? Nove da noite? — brinquei.

— É sábado, Daniel. Eu já acordo cedo durante a semana, e...

— Por Deus. Você sempre arranja um motivo pra ficar de mau humor! — interrompi, abrindo ainda mais o sorriso enquanto girava a chave, voltando a olhar para a frente.

Eu não conseguia ficar irritado com aquilo. Era engraçado demais vê-la naquela situação, se recusando a ser receptiva e a colaborar por um segundo que fosse. Melissa ultrapassava os limites do mau humor matinal de um jeito que tornava impossível levá-la a sério.

— Pra onde vai me arrastar hoje? — questionou.

Em resposta, peguei um pacote de plástico com uma camiseta dentro e entreguei a ela, apenas esperando pelo momento em que o abriria e descobriria meus planos, liberando mais uma torrente enorme de reclamações.

Melissa abriu a camiseta, segurando-a em frente ao rosto com uma expressão descrente.

— Uma feira de adoção? — perguntou, em tom indignado.

— Qual o problema agora? Não gosta de animais?

— Não! É que... você podia ter avisado antes. Eu não estou com os sapatos certos.

Lancei um olhar rápido para sua roupa, apenas para verificar qual era a "gravidade da situação". Não que eu prestasse muita atenção nisso.

Sapatos de salto, um jeans extremamente justo e uma blusa toda cheia de coisa. Aquilo me fez rir. Suas esperanças de que eu a levaria para fazer coisas que precisavam de um visual mais elaborado nunca acabavam?!

— Ainda não entendi o porquê de se arrumar toda pra sair comigo — falei. — Você sabe que eu não vou te levar pra uma festa.

— Quer que eu pareça uma mendiga? Esse é o seu tipo de garota?!

— Ah, então você se arruma pra parecer o meu tipo de garota? — perguntei, sentindo uma certa satisfação por ouvir aquilo.

— Cala a boca. Você entendeu o que eu quis dizer.

Sim, eu tinha entendido, mas não havia nada melhor do que vê-la toda enrolada quando eu insinuava que ela sentia alguma coisa por mim. Olhei para Melissa mais uma vez, e sua cabeça estava baixa. Ela "mexia" no celular. Na verdade, estava só encarando a tela inicial, fingindo fazer alguma coisa.

— Não precisa ficar constrangida — provoquei, achando engraçada a forma como ela tentava disfarçar.

— Deixa de ser intrometido! — exclamou, me empurrando contra a porta com força e me fazendo rir. — Seu idiota! Ai, que ódio de você!

Quanto mais ela reclamava, mais eu ria, porque sabia que aquilo só a deixava ainda mais envergonhada. Ficava linda quando estava irritada.

Melissa cruzou os braços, voltando a olhar para a frente, quando desistiu de me xingar. E é claro que eu não resisti a uma última provocação, só para ver qual seria sua reação.

— Pode continuar fazendo o que estava fazendo antes. Encarar a tela sem fazer nada me pareceu bem interessante.

— Não fala comigo — rosnou ela, sem nem olhar para mim.

— É sério! Eu vou tentar mais tarde. Geralmente eu só pego o celular pra fazer alguma coisa, mas...

Parei assim que a vi mostrando o dedo do meio. Era nesses momentos que eu percebia como estávamos avançando bem. Se estivesse mesmo irritada, teria simplesmente saído do carro, já que estávamos parados no farol na esquina da rua em que morava. Mas ela não fez isso, o que prova que começava a levar as coisas menos a sério.

Trocamos poucas frases durante o resto do caminho, já que a feira não era muito longe, e assim que chegamos eu já vi sua expressão mudar. Pelo sorriso contido em seu rosto, ela gostava daqueles bichinhos. Só não sei se gostaria muito da ideia de ter que ajudar.

Saímos do carro e fomos até uma das barracas para que eu conversasse com um dos voluntários, perguntando o que teríamos de fazer. Melissa ficou quieta o tempo todo, mantendo-se um pouco afastada. Com certeza não queria que o rapaz puxasse conversa com ela por algum motivo e prolongasse aquilo ainda mais.

Assim que me passou as instruções, ele voltou a se concentrar em seu trabalho, e eu fui até ela:

— Você vai até o banheiro daquele mercado ali e veste a camiseta. E sem cara feia, mocinha. — Ela revirou os olhos. — Depois vem aqui pra me ajudar com esses cachorrinhos. Nós vamos tentar convencer as pessoas a adotá-los.

— Qual é a parte difícil? — perguntou.

— A maioria das pessoas prefere os filhotes. Nós temos cachorros mais velhos — respondi, dando de ombros.

Ela assentiu antes de ir na direção em que eu havia apontado, reclamando por ser obrigada a trocar sua "blusa supercara e estilosa" por "aquele pedaço de tecido branco sem graça". Pelo menos não se recusou a vesti-la, o que foi um bom começo. Eu acho.

Aproveitei os minutos em que Melissa saiu para me familiarizar um pouco com os cães com os quais passaríamos o dia. Entrei na gaiola e me abaixei em meio a eles, permitindo que subissem em mim. Um deles, que parecia o mais forte, quase me fez cair para trás quando pulou no meu peito, tentando lamber o meu rosto.

— Calma, garotão — falei, passando a mão pelo seu pescoço e tentando acalmá-lo.

Se pudesse, eu adotaria todos aqueles cachorros e gatos da feira, mas a minha mãe nunca foi muito fã de animais. O último que tivemos tinha sido há uns oito anos, e era um peixe-beta chamado Tom Jobim. Foi Helena quem escolheu o nome.

O que eu podia fazer era participar dessas feiras para ter o máximo de contato possível com eles por tanto tempo quanto pudesse. Eu amava aqueles bichos, e daria o meu máximo para tentar fazê-los encontrar um bom lar.

Li em algum lugar que todos os seres morrem só depois de aprender o verdadeiro significado do amor, e acho que isso se aplica aos animais também. Por isso eles partem tão cedo: já nascem sabendo amar incondicionalmente.

— Tenha em mente que você não vai chegar perto de mim a partir de agora. — Ouvi alguém dizer atrás de mim. É claro que era Melissa. — Olha isso! Quanto pelo! Eles são muito fofos, mas a distância

— Como assim? — perguntei, me levantando e saindo de dentro da gaiola.

— Sai pra lá. Eu sei o que você está tentando fazer — retrucou, levantando as mãos na minha direção, em um sinal para que eu mantivesse distância, enquanto recuava alguns passos.

— O que eu estou tentando fazer?

— Sai, Daniel! — pediu mais uma vez fazendo uma cara de nojo impagável enquanto eu pegava suas mãos e a puxava para perto.

— Mas eu pensei que você gostasse do meu perfume! — provoquei, passando os braços ao seu redor e a apertando contra mim.

As caretas que ela fazia, gritando que eu estava todo cheio de pelo e de baba de cachorro, eram as coisas mais engraçadas do mundo naquele momento. Porém, quando as pessoas começaram a olhar, eu a soltei, fingindo que não a conhecia. Melissa estava fazendo um escândalo. Que passasse vergonha sozinha.

— O que você quer que eu faça? — questionou, ainda com certo tom de desgosto na voz, tentando tirar alguns pelos da camiseta.

Enquanto ela fazia isso, não pude deixar de me perguntar como Melissa conseguia ficar bem até mesmo com uma camiseta de feira de adoção. Eu tinha mesmo escolhido o número certo. Mais certo impossível. Supercerto.

Passou o olhar para mim quando percebeu que eu havia demorado um pouco mais do que deveria para responder, e um sorriso malicioso surgiu em seu rosto:

— Isso aí que você está pensando não vale.

— Tão engraçada... — murmurei, sorrindo de um jeito um pouco sem graça. — A gente não tem que fazer nada complicado. Só preencher cadastros, responder perguntas e manter sempre os jornais limpos e os potes de ração e água cheios.

Ela concordou, mostrando que havia entendido, já dizendo que seria eu quem cuidaria da parte "prática" em relação aos cachorros, e foi nesse momento que coloquei parte do nosso acordo em prática.

— Mas você vai ter que convencer alguém a adotar um deles até o fim do dia.

— *Eu?!* — ela se indignou. — Mas... eu não sei nem como...

— Descubra — interrompi, antes de começar a fazer o meu trabalho.

É claro que ela resmungou durante um bom tempo, mas não deixou de realizar suas tarefas, então tudo bem. O essencial era que cumprisse sua missão ali. Afinal, o mais importante não éramos nós dois, mas os bichinhos.

— Vou comprar alguma coisa pra gente comer — avisei, depois de algumas horas. — Pode cuidar de tudo sozinha por alguns minutos?

— Eu prefiro ir comprar... — ela respondeu, em tom baixo e hesitante, visivelmente apreensiva.

Melissa havia ajudado bastante. Tinha desistido de reclamar logo no início e partiu logo para a ação. É claro que não tinha muita paciência com as pessoas, respondendo "não sei" para a maioria das perguntas e praticamente me obrigando a responder por ela, mas, quando se prestava a fazer algo, era sempre da melhor forma possível. Eu sabia que ela podia dar conta de tudo por um tempinho.

— Ei, garoto — falei, para o cachorro pelo qual eu havia me apegado um pouco. — Já volto, viu? Não fica com medo dessa moça malvada.

Mel revirou os olhos e me xingou, antes de eu me afastar, sorrindo para ela.

Não demorei muito, sabendo que Melissa acabaria ficando irritada se eu levasse mais tempo que o que ela considerava "aceitável". Quando voltei, presenciei a última coisa que esperava: ela estava ajoelhada do lado de fora da gaiola, passando a mão na cabeça do cachorro com o qual eu tinha "feito amizade" e conversando com ele.

Parei de pé atrás dela, tentando entender um pouco do que ela dizia, e percebi que tentava acalmá-lo.

— Não precisa chorar, bebê. Está tudo bem.

— Então você não tem um coração tão gelado quanto imaginei? — perguntei, o que a fez dar um sobressalto.

— Ele começou a chorar quando você saiu. Todo mundo ficou olhando — explicou, levantando e pegando a sacola com o lanche que eu estendia em sua direção. — Eu não tive escolha.

Por algum motivo, ela não parecia muito convencida disso. Eu a encarei por alguns segundos, ainda feliz por ver que Melissa havia interagido pelo menos um pouco com eles. Até aquele momento, ela não tinha sequer se dado ao trabalho de chegar perto da gaiola.

— E... ele até que é bonitinho — acrescentou, usando um tom forçado de indiferença, tentando diminuir a importância da coisa.

— É, sim — concordei, ainda com o olhar grudado nela. Melissa estava tão sem graça que nem parecia a garota arrogante e desinteressada que havia chegado ali comigo.

— Um cara passou aqui enquanto você estava fora — contou. — Pareceu se interessar por ele. Disse que ia consultar a namorada, pra ver o que ela achava.

Fiquei surpreso. Melissa tinha atendido mesmo alguém na minha ausência? Impressionante. Qual seria a próxima coisa? Decidiria ela mesma adotar um gato?

Vendo que eu havia ficado surpreso com seu pequeno ato altruísta em prol de alguém que não fosse ela mesma, logo tratou de disfarçar.

— Espero mesmo que ele venha, porque eu não vou aguentar esse bebezinho peludo choramingando no meu ouvido o dia todo — resmungou, se virando para o outro lado da gaiola.

Algum tempo depois, o pretendente a adotante voltou com a namorada. Assim que ela viu o cachorrinho, não resistiu e os dois decidiram que ele faria parte da família. Eu não sei descrever a felicidade que sinto toda vez que vejo um deles ganhando um lar. Ainda mais sendo um vira-lata; as pessoas geralmente preferem pagar rios de dinheiro por cachorrinhos com pedigree. Não estou julgando quem prefere, mas existem tantos bichinhos abandonados pelos abrigos, e nas ruas, que pagar por um deles é uma coisa que eu não consigo me imaginar fazendo.

Para falar a verdade, o que me incomoda nem é o fato de a pessoa pagar por um cachorrinho dessa ou daquela raça, mas a forma como muitos deles são gerados, em canis que obrigam as fêmeas a procriar até não poderem mais, cria após cria, até ficarem incapazes de dar à luz. Quando isso acontece, elas são descartadas só Deus sabe como. São poucos os criadores que respeitam os animais. O difícil é identificá-los. Quando alguém quer muito comprar um bichinho, em geral não pesquisa sua origem e como seus pais são criados; os compradores concentram a atenção no pedigree e na "fofurice" do filhote. E assim se alimenta o comércio sujo dos canis açougueiros.

— Consegui! Eu cumpri a minha parte na tarefa!! — Melissa começou a dar pulinhos de alegria no lugar assim que o casal partiu, levando meu amigo peludo, todo feliz. Mas de repente ela parou, e seu semblante passou da felicidade para a preocupação, o que me deixou muito intrigado.

— O que aconteceu? — perguntei, preocupado.

— Será que eles vão cuidar bem dele? Teve uma pergunta no questionário que ele não soube responder. Ai, meu Deus. E se eu cometi um erro de julgamento e eles não forem responsáveis? E se não derem comida na hora certa, não levarem ele pra passear, ou ao veterinário quando ele ficar doente? — Seu olhar era de pânico. — Corre, Daniel, chama o casal de volta. Fala que aconteceu um erro, fala que o cachorrinho não está disponível pra adoção, fala...

Eu estava perplexo. Nunca tinha visto Melissa se preocupar com alguém que não fosse ela mesma. Me aproximei e segurei seu rosto entre as mãos.

— Você não imagina como estou orgulhoso de você. — Ela me olhou, deixando transparecer que não estava entendendo a minha reação. — Ele vai ficar bem. Você fez um ótimo trabalho, e graças a isso o nosso amiguinho peludo tem uma família que vai amá-lo. Sinta-se orgulhosa por isso. Porque eu estou.

Naquele momento ela relaxou, e eu vi no seu rosto um vislumbre da Melissa que eu tinha visto no nosso primeiro encontro, mas que estava escondida atrás da armadura que ela levantara em torno de si mesma.

Um sonho pra mim

TREZE DIAS ANTES

Melissa

Era 17 de novembro. O dia do meu aniversário.

Confesso que jamais gostei muito dessa data, pois era apenas um sinal de que o fim da minha carreira como bailarina profissional (que ainda nem havia começado) estava chegando.

Geralmente eu passava horas e horas trancada no sótão, praticando até mal sentir as pernas, repetindo mentalmente centenas de vezes que precisava ser a melhor para aproveitar ao máximo os anos que teria para me dedicar à dança. Queria receber todo tipo de trabalho, ser a personagem principal das peças mais clássicas, me apresentando para enormes plateias nos teatros mais conhecidos do mundo. Tudo isso em pouco menos de quinze anos. Não era qualquer um que conseguia isso, e certamente não seriam algumas dezenas de *relevés* que me levariam até lá. Eu precisava aperfeiçoar a técnica, o equilíbrio, fortalecer a musculatura e a mente para pegar mais rápido as coreografias e assim sempre me destacar.

Mas aquele ano seria diferente. Eu não era a Melissa de antes. Não tinha os mesmos amigos, a mesma cabeça nem o mesmo namorado. Quer dizer... não era como se o Dani fosse deixar a data passar em branco, certo? Era de Daniel Oliveira Lobos que estávamos falando. Ele sempre tinha uma grande ideia.

O dia começou quando, às oito horas da manhã de um sábado, fui arrastada para fora da cama por Fernanda, que apareceu sem convite em minha casa.

Ela me chacoalhou e gritou até que eu estivesse desperta, o que não foi uma tarefa fácil, já que o vândalo tinha me "obrigado" (como se fosse um sacrifício) a ficar com ele ao telefone até uma hora da manhã, só porque queria ser o primeiro a dar parabéns, com tempo de folga.

Depois disso, Fernanda me trancou no banheiro até eu decidir tomar banho e me arrumar. Para ir aonde? Bom, eu também não tinha a mínima ideia.

Ela me arrastou até a padaria mais próxima e pagou meu café da manhã, comprando uma montanha de porcarias que eu não queria comer e as enfiando em minha goela. Tá bom... talvez eu não estivesse tão ansiosa assim para recusar algumas daquelas delícias.

A coisa só começou a ficar mais interessante quando, logo em seguida, me levou até o Shopping Pátio Higienópolis, que tinha acabado de abrir e estava praticamente vazio, e anunciou bem na porta, com um enorme sorriso no rosto:

— Dona Regina liberou o cartão de crédito!

Não era uma grande surpresa, já que o cartão estava liberado durante cem por cento do tempo, e minha mãe sempre me dava um dia de compras como presente de aniversário, mas não pude deixar de me animar. Apesar de Regina nunca se dar o trabalho de vir comigo, Fernanda era uma ótima companhia, e, com todo aquele entusiasmo, eu tinha certeza de que seria um bom dia.

E, se quer saber, realmente foi.

Durante algumas horas, claro.

Sempre fui o tipo de pessoa que gosta de encontrar uma desculpa para ficar de mau humor em momentos em que as coisas parecem boas demais; então, quando chegou a hora do almoço e Daniel ainda não tinha dado sinal de vida, é claro que eu surtei.

— Aquele ordinário não se deu o trabalho nem de me dar bom-dia! — falei, irritada, quando nos sentamos na praça de alimentação.

— Meu Deus, Melissa! Vocês ficaram até uma hora da manhã no telefone! — retrucou Fernanda. — Dá um desconto pra ele!

— Poxa, mas hoje é meu aniversário, e ele nem me convidou pra fazer alguma coisa! — murmurei, cruzando os braços, como uma criança birrenta.

Minha amiga sorriu para mim como se eu fosse uma garotinha ingênua. Pela primeira vez, eu parecia ser aquela que falava algo sem sentido.

— Mel, o Daniel parece o tipo de pessoa que deixa alguém na mão num dia importante como esse? — Fernanda disse, num tom de pergunta retórica incontestável.

Dei de ombros, desviando o olhar. Felizmente (ou infelizmente para o meu orgulho), ela tinha razão. E era por isso que eu amava tanto meu namorado. Aquele vândalo era tão bom que não havia como duvidar dele. Minhas paranoias em relação a ele se resolviam antes mesmo de começar.

— Agora vamos comer alguma coisa que você tem horário marcado no salão.

— Salão?! — perguntei, surpresa. Isso sim era novidade.

Ela apenas se levantou, falando em ir comprar algo para mim, e me deixou sozinha com minhas dúvidas.

— Certo, agora sim estamos prontas pra comemoração de verdade — disse Fernanda, quando terminamos de pagar a conta do salão.

Não havia como contestar, já que tínhamos dado uma repaginada completa no visual, com tudo o que tínhamos direito, e vestido nossas roupas novas. Estávamos prontas para uma superfesta, e era o que eu esperava que tivessem planejado para mim. Porque, para ninguém ter tido a decência de me enviar uma mensagem sequer, era bom que estivessem preparando uma grande surpresa. Caso contrário, eu ficaria bem irritada com cada um deles. Aquele bando de amigos falsos que não me davam nem um telefonema...

— Agora você vai me contar aonde está me levando? — perguntei quando já estávamos no carro, enfrentado o trânsito de São Paulo.

— Nem morta — Fernanda brincou. — Eu não disse nada o dia todo! Imagine se vou contar agora, que estamos tão perto. De jeito nenhum!

Balancei a cabeça, achando graça em sua determinação. Era uma das primeiras vezes que Fernanda conseguia esconder um segredo de mim. No fundo estava orgulhosa dela por isso, apesar de a curiosidade estar me consumindo por dentro.

— Estamos chegando, não se preocupe — acrescentou, dando uma piscadela.

Não demorou muito para finalmente chegarmos a um estacionamento em uma rua movimentada perto da minha casa. Ao lado havia um bar entupido de gente, em que uma banda tocava no último volume.

Eu a segui até lá dentro, ansiosa para ver o que me esperava.

Olhei em volta, procurando alguém que me parecesse familiar, quando ouvi um grupo gritar, em alto e bom som:

— Feliz aniversário!

Eu não havia nem descoberto de onde tinha vindo o som quando fui atropelada por um monte de gente que eu devia conhecer, mas ainda não fazia ideia de quem era.

Quando se afastaram, finalmente consegui identificar os rostos: Millah, Michael, Diana, Helena, Enzo, Gabriela e Victor. Todos usavam um chapeuzinho triangular colorido e seguravam balões.

Não pude deixar de sorrir, feliz por vê-los ali. Então não tinham esquecido o meu aniversário! Mas... onde estava Daniel?

Eu podia muito bem perguntar sobre o paradeiro dele, mas não queria desviar a atenção da surpresa que fizeram para mim. Era a primeira vez que me reunia com meus amigos para uma comemoração como aquela, e eu queria aproveitar o momento. Seria injusto comigo e com eles ficar sentada num canto, emburrada. Ele com certeza teria uma boa explicação para sua ausência. E eu esperava que não fosse nada relacionado a sua doença.

— Nós compramos um bolo pra você. E mais algumas coisinhas. Espero que goste — Helena disse com um sorriso nos lábios, pegando a minha mão e me puxando em direção a uma mesa cheia de presentes e petiscos que eu não tinha notado. Sua animação me deixou mais aliviada: ela não estaria tão feliz se tivesse acontecido algo com o vândalo.

Colocaram um daqueles chapeuzinhos ridículos em mim e fizeram questão de me deixar bem longe dos presentes, dizendo que eu só poderia abri-los no fim da festa. Depois citaram uma lista de coisas que seriam proibidas enquanto eu estivesse ali. Óbvio que o primeiro item da lista de coisas a não fazer era "reclamar". Outro tópico interessante era "ficar parada sem fazer nada". Pelo que Victor disse, a missão deles ali era não me deixar ficar entediada por um segundo sequer.

E foi isso o que fizeram — com muita destreza, devo dizer.

Nós bebemos (com exceção de Helena, que era menor de idade, e Michael e Fernanda, que iriam dirigir depois) e nos acabamos na pequena pista de dança, como se não houvesse amanhã. Não me lembrava da última vez em que eu tinha rido tanto. Havíamos passado por tantas perdas e tantos acontecimentos desde que eu começara a namorar Daniel que não tínhamos reservado um dia para sair todos juntos e nos divertir. Eu sentia falta disso, e já estava num ponto em que agradecia por ter amigos como eles. É. Uma baita mudança, não?

— Ok, eu preciso sentar — falei depois de dançar várias músicas seguidas sem um minuto de descanso, pedindo uma garrafa de água para o garçom.

Helena me acompanhou até a mesa, e ficamos observando enquanto todos continuavam se acabando com as músicas que a banda tocava. Fernanda e Enzo eram os que mais pareciam aproveitar, se agarrando entre as pessoas como se ninguém estivesse olhando.

Eu sabia que os dois saíam às vezes e davam uns beijos, mas não era um relacionamento sério. Estava mais para uma amizade colorida "secreta", que nenhum deles admitia. Pareciam até achar que éramos cegos. Mas era bonitinho vê-los tentando se esconder.

Isso me lembrou Daniel, o único que não estava ali. Olhei o horário no celular. Já passava das dez da noite, e nem sinal dele. Nem uma mensagem sequer. Não pude deixar de me sentir um pouco magoada.

— E aí, tá gostando? — Lena perguntou, com um sorriso de orelha a orelha.

— Sim — respondi, retribuindo o sorriso, mas não tão alegre quanto ela. — Obrigada. Você não tem noção de como eu precisava disso.

— Olha, eu ajudei bastante, mas o crédito não é meu.

Ela não precisou continuar para que eu soubesse que o responsável era o vândalo. Aquele bocó desaparecido. Se ele tinha planejado tudo aquilo, por que não estava ali?!

— Não faz essa carinha — Helena pediu, tocando o meu queixo por um segundo. — O Dani já vai chegar.

— Então ele vem? — Só de saber aquilo, metade do peso em meu peito se foi.

— Claro que sim! É que ele tinha que resolver umas coisas — explicou.

— Não acredito! Eu tentei me livrar dele por um tempão, e ele não largou do meu pé. Agora que estamos juntos e eu quero ele aqui, o inútil me larga sozinha, bem no meu aniversário. Espero que o idiota tenha bons motivos pra demorar tanto — falei, me recostando na cadeira e vendo o garçom se aproximar com a minha água.

Quando tudo o que a garota fez foi rir, balançando a cabeça por um momento antes de se levantar e me deixar sozinha, eu soube que ela não havia sido a única a ouvir aquilo.

— Pode acreditar que eu tenho — pude ouvi-lo sussurrar em meu ouvido, fazendo um arrepio percorrer o meu corpo inteiro.

Eu me virei para trás, ainda sentada, e o vi na cadeira ao lado. Não demorou nem um segundo para que eu esquecesse toda a tristeza por causa de sua ausência. Agora ele estava ali, e tudo estava completo.

Daniel me puxou, me cumprimentando com um beijo, e me fez sorrir. Estava usando aquele perfume de que eu gostava, a jaqueta de couro e os All Stars de sempre. Além do cachecol, é claro.

— Desculpe pelo atraso — disse, se afastando um pouco, passando os dedos em meu rosto. — Juro que vou compensar você.

— Acho bom — falei, puxando-o para perto.

— Chegou o convidado especial! — gritou Fernanda, nos interrompendo antes que pudéssemos nos beijar mais uma vez.

— Agora sim você pode abrir os presentes — Millah acrescentou.

Eu e ele nos entreolhamos, provavelmente pensando a mesma coisa. Será que ninguém notou que estávamos no meio de um momento ali? Ri, tentando não deixar tão óbvia minha indignação, e ele passou um braço por cima dos meus ombros.

— Então estavam me esperando? — perguntou, fingindo que não havia acontecido nada. — Me sinto lisonjeado.

— Não precisa se sentir tão importante — disse Helena. — A gente só esperou porque sabia como você ia encher o saco se não fizéssemos isso.

— É verdade — ele murmurou, convencido, e todos riram.

Nós nos ajeitamos ao redor da mesa, prontos para a "hora da verdade". Eu só esperava não ganhar nenhum presente muito constrangedor. Mas Fernanda estava envolvida naquilo, então era muito provável que eu pagasse algum mico com um presente inusitado.

Começamos muito bem, com algumas peças de roupa, cosméticos e um CD de música clássica remixada gravado por Gabriela. O problema foi quando chegamos à caixa rosa com um laço dourado, que eu tinha certeza de que vinha da minha melhor amiga.

— Esse aqui é pro Dani-Dani — disse ela, com um sorriso malicioso. — Ele que tem que abrir.

— Ai, meu Deus do céu — falei, já sentindo o rosto começar a queimar só com a ideia do que poderia ser, vendo-o pegar a caixa do meu colo com um sorriso tendencioso.

Coloquei as mãos na frente dos olhos, sem querer ver aquilo, assim que ele tirou a tampa da caixa e todos começaram a rir e a fazer comentários embaraçosos.

— Não me façam pensar nisso, por favor. — Ouvi Helena dizer num tom enojado, chamando minha atenção. — Já não basta o flagra que dei neles um dia desses, no elevador lá de casa.

— Você vai ter que usar isso pra mim — disse o vândalo, e pude ver por entre os dedos a lingerie de renda preta na caixa.

— Ela deu pra você — falei, tentando esconder a vergonha. — Não sou eu quem tem que usar.

Daniel riu e disse que duvidava de que coubesse nele, então voltou a tampar a caixa, me fazendo sentir bem melhor. Fuzilei minha amiga com o olhar.

— Ah, vai dizer que não gostou? — Fernanda perguntou, com o mesmo olhar de antes.

— Não sei ela, mas eu gostei bastante — se intrometeu Daniel, antes que eu tivesse a chance de responder.

— Isso é muito constrangedor — Lena murmurou, ao meu lado.

— Concordo. Vamos pro próximo presente — falei, tentando mudar de assunto. Felizmente, ninguém se opôs.

Só havia mais um pacote na mesa, que eu sabia que era de Victor. Afinal, era o único que faltava. Tratava-se de uma caixinha lilás, bem simples. Olhei para ele, procurando algum sinal de que também seria um presente constrangedor, e o que ele disse foi resposta suficiente:

— O Dani me ajudou a escolher.

— Eu espero mesmo que não seja outra lingerie — falei, olhando para o vândalo de soslaio.

— Não sei do que ele está falando — Daniel disse, levantando as mãos, fingindo inocência.

Quando abri a caixa e li o pequeno cartão que havia ali dentro, a primeira coisa em que pensei foi como, para o bem dele, eu queria que Daniel estivesse falando a verdade.

— Um vale-pedicure? — perguntei, e meu namorado arregalou os olhos.

— Eu pensei que você ia gostar — Victor comentou, contrariado, quando viu minha expressão de raiva.

— O QUE VOCÊ DISSE PRA ELE, DANIEL? — esbravejei.

— Eu... eu... eu disse que... Eu não disse nada! — falou, se afastando um pouco.

— Ele disse que você tinha vergonha dos seus pés, quando perguntei se devia te dar um sapato — contou seu amigo.

Coloquei o cartão de volta na caixa e a fechei, já quase indo para cima daquele vândalo imbecil. Isso era coisa que se dissesse? Ele sabia que eu não gostava dos meus pés! Não precisava sair espalhando isso! Dei um soco em seu braço e o xinguei de tudo quanto era nome.

— Não! Veja bem... — Daniel começou, tentando se esquivar, sentado em sua cadeira. — Eu adoro seus pés! São os pés mais lindos do mundo!

Isso só me irritou ainda mais, fazendo todos ao redor caírem na risada. Ele estava sendo irônico? Ah, ele ia me pagar por isso.

— Amor, eu nunca diria isso! — continuou, também sem conseguir segurar o riso. — Isso é agressão! Alguém chama o segurança, por favor!

Voltei a me sentar, desistindo de tentar bater nele, e cruzei os braços. Daniel não conseguia levar nada a sério? O que eu tinha feito para merecer um vândalo chato como aquele?

— Obrigada pelo presente — agradeci a Victor, nada contente.

Coloquei a caixa ao lado das outras, evitando olhar para o garoto ao meu lado, sabendo que não conseguiria manter a expressão severa se o fizesse. Ele passou o cachecol ao redor do meu pescoço sem dizer nada, me puxou com gentileza e beijou minha bochecha.

— Você sabe que eu te amo, não sabe? — perguntou, e tudo o que fiz foi balançar a cabeça, não querendo ceder tão fácil. — Não sabe? Vou ter que provar, então?

Continuei em silêncio, baixando o olhar para as minhas mãos, fingindo não saber quanto Daniel estava achando graça naquilo. E só voltei a atenção para ele quando levantou da cadeira e se afastou. Ignorando completamente minha pergunta sobre aonde estava indo, ele foi na direção do minúsculo palco, sem dizer nada.

— Mas o que...? — comecei, quando o vi se aproximar do cantor da banda, enquanto ele fazia uma pausa para beber água, e falar alguma coisa para o cara.

E, pela segunda vez na noite, Daniel me surpreendeu, subindo o pequeno degrau do palco e se aproximando do microfone quando o vocalista se afastou um pouco.

— Boa noite a todos — falou. — Eu gostaria de pedir uma salva de palmas para aquela garota linda sentada na mesa perto da parede. — Apontou em nossa direção, e todos na mesa indicaram que era de mim que ele estava falando, enquanto eu fazia o possível para me esconder. — Hoje é o aniversário dela, e eu gostaria de lhe dedicar uma música.

Todas as pessoas no bar fizeram aquele som típico — "awwwn" — e me deram a salva de palmas que Daniel havia pedido, enquanto ele se sentava no banquinho do vocalista, apoiando a bengala na perna e ajeitando o microfone em seguida.

Ele sorriu para mim quando o cara do violão começou a tocar algumas notas, e na hora eu soube o que seu olhar dizia: "Você me pediu para provar". Como se ele não fosse fazer aquilo de qualquer jeito...

— *Você é assim, um sonho pra mim, e quando eu não te vejo...* — cantou. — *Eu penso em você desde o amanhecer até quando eu me deito.*

Não precisou de mais um verso para que eu reconhecesse a música. Era "Velha infância", dos Tribalistas. Bem a cara dele cantar aquilo e me fazer ter vontade de chorar na frente de todas aquelas pessoas.

— Acho que você ganhou na loteria dos namorados — brincou Fernanda, à minha frente na mesa.

Se ela achava, eu tinha certeza. A cada segundo que se passava, mais encantada eu ficava com Daniel. Com ele, nada era demais. Sempre tinha uma surpresa. E a melhor parte era que ele gostava de fazer aquilo. Não era um sacrifício, ao contrário de como era para a maioria das pessoas.

— *Seus olhos, meu clarão, me guiam dentro da escuridão. Seus pés me abrem o caminho. Eu sigo e nunca me sinto só.*

Conforme ele cantava, maior era a minha vontade de simplesmente pular em cima dele no palco. Era tão lindo vê-lo me olhando daquele jeito, pronunciando aquelas palavras no tom mais amoroso do mundo, que eu esqueci completamente todos ao nosso redor e só conseguia me concentrar nele.

— Vai lá — Diana sussurrou para mim.

É claro que eu poderia ignorar, já que não gostava muito da garota e tinha medo de que ela estivesse me dando aquele conselho apenas para que eu passasse vergonha na frente de todo mundo. Mas... talvez, depois de tudo, fosse a hora de dar uma segunda chance a ela, certo?

Errado.

Eu nunca conseguiria superar a quedinha dela pelo meu namorado. Mas isso não me impediu de ir até lá.

— *Você é assim, um sonho pra mim, você é assim...*

Todos aplaudiram quando Daniel terminou a música, e ele se levantou e veio em minha direção, bem em frente ao palco. Eu o recebi com o abraço mais apertado que consegui dar, sentindo o meu coração se encher de amor, como sempre era quando estava perto dele.

— Agora você acredita em mim? — perguntou, com os lábios quase colados à minha orelha.

— Com toda a certeza — respondi, apertando ainda mais os braços ao seu redor.

— Tá de sacanagem! — exclamei, quando Daniel virou uma dose de tequila como se fosse água.

Estávamos brincando de algo que eu nunca tinha imaginado que brincaria com aquelas pessoas: "eu nunca".

O jogo consistia em uma pessoa fazer uma afirmação, iniciada com "eu nunca", e todos que já tivessem feito aquilo deveriam beber um shot ou um gole de qualquer coisa — na maioria das vezes alcoólica.

A primeira surpresa foi quando ele topou participar daquilo, e a segunda foi ver como o Daniel que eu conhecia era totalmente diferente daquele que conseguira a falha na sobrancelha e o dente lascado. Aquele vândalo tinha feito coisas que ninguém que olhasse para o cachecol vermelho fofinho imaginaria.

Assim que Helena saiu do bar com Michael, que lhe daria uma carona para casa, Daniel se tornou outra pessoa. Deixou de ser o irmão mais velho bem-comportado e virou o "Daniel de bar", que eu não conhecia. Estava sendo uma experiência bem interessante, eu tinha que admitir.

É claro que eu havia perguntado várias vezes se ele podia mesmo beber, já que estava tomando Riluzol, a medicação para pacientes com ELA. Mas, quando me disse a famosa frase — "É só hoje" —, usando o argumento de que aquele era um dia especial, eu deixei que seguisse em frente. Apesar de tudo, ele ainda era a pessoa mais responsável que eu conhecia.

— Você tá dizendo que já flertou com alguém pra conseguir alguma coisa?! — perguntei, horrorizada.

— Já tive a minha fase ruim. Foi há muito tempo — ele disse, juntando as sobrancelhas, parecendo finalmente sentir o efeito da bebida que descia queimando. — Não me orgulho disso.

— Mesmo assim! É inacreditável! — falei, ainda surpresa.

— Próxima — pediu Millah.

Era a minha vez, e é claro que eu iria aproveitar para encher o saco dele. Sorri ironicamente antes de dizer, em alto e bom som, para que Daniel me ouvisse bem:

— Eu nunca disse pra minha namorada, ou pro meu namorado, que ela ou ele tinha os pés bonitos, quando na verdade não tinha.

Daniel me fuzilou com o olhar e virou mais um shot, o que me fez empurrá-lo com força, indignada. Mas, antes que eu tivesse a chance de xingá-lo, segurou meu rosto com as duas mãos e me puxou para si, me beijando de um jeito que me fez derreter por dentro, sem dar a mínima para os outros à mesa.

Quando nos afastamos, para a nossa surpresa, a maioria deles havia decidido voltar para a pista de dança, talvez para nos dar um tempo a sós.

— Tenho mais uma coisa pra você — ele disse, encostando a testa na minha. — Mas vamos ter que sair daqui.

— Só nós dois? — perguntei, mordendo o lábio inferior, segurando um sorriso.

— Só nós dois — confirmou.

— Acho que estamos dispensados — falou Enzo, que com certeza tinha ouvido a nossa conversa. — Podem ir. Vamos ficar aqui mais um tempinho.

Agradecemos a ele com acenos de cabeça, já nos levantando e indo em direção ao caixa. Enquanto isso, eu só conseguia me perguntar o que mais aquele vândalo poderia ter preparado para mim.

Padrões

DEZENOVE ANOS ANTES

Regina

— Boa noite. Por favor, eu gostaria de falar com o dr. Bonitão — anunciei, quando ouvi o alô do outro lado da linha.

— No momento ele não pode atender. Acabou de sair do plantão, mas se quiser eu posso te ajudar e fazer um atendimento domiciliar — respondeu meu marido, com a voz cansada de quem havia acabado seu turno de vinte horas no hospital municipal, onde fazia residência.

— Onde você está? Tá cansado demais pra atender o desejo de uma grávida?

— Mais um desejo, né? Só esta semana já foram sete, e olha que ainda é terça-feira! — Ele soltou uma gargalhada.

— O que eu posso fazer se a sua filha é muito cheia de vontades? Quando ela quer alguma coisa, eu preciso atender. Já é uma garota de personalidade forte, antes mesmo de nascer. Não aceita não como resposta.

— Eu percebi, e você já está fazendo todas as vontades dela. E eu fazendo todas as suas. Mas quem faz as minhas?

— Se você trouxer sorvete de pistache pra mim, quer dizer, pra nossa filha, eu prometo que vou ser sua serva submissa e fazer todas as suas vontades por duas horas inteiras — falei, infundindo em meu tom de voz todo o desejo que eu sentia naquele momento. Se tinha uma coisa que a gravidez provocava em mim, era um aumento considerável na libido. — Então eu acho que você devia se apressar, porque o meu desejo por sorvete e por você — deixei escapar um suspiro — está quase incontrolável.

— Estou pegando a moto neste exato momento. Vou passar no posto pra comprar o sorvete e já, já chego em casa. Se prepara. Eu sou um rei muito exigente. — Não pude deixar de sorrir, analisando as unhas enquanto ouvia seu tom ansioso. — Vou desligar. Te amo. Beijo!

— Te amo mais, meu rei! Vem rápido!

Acordei com o barulho do telefone tocando desesperadamente a meu lado. Mexi o pescoço, sentindo-o travado por causa da posição em que havia adormecido, e estendi a mão para atender, ainda sonolenta.

— Regina, é a Clara. Graças a Deus você atendeu. Eu já estava desesperada — falou a mulher do outro lado da linha. — Preciso que você venha pro hospital o mais rápido possível.

Meu coração disparou, e toda a sonolência que eu sentia sumiu em um segundo. Algo no meu estômago revirou, e um medo inexplicável atingiu meu coração.

— Clara, o que houve? Não me diga que a paciente da reconstrução de mama piorou.

Eu tinha participado de uma cirurgia naquela manhã que correra relativamente bem, mas, quando estávamos dando os últimos pontos na paciente, ela teve uma parada cardíaca e tudo se complicou. Depois de três minutos conseguimos reanimá-la, e ela foi encaminhada para a UTI. Antes de sair do plantão, passei para ver como ela estava. O quadro era estável, o que me deixou mais tranquila.

— Não, a paciente ainda está estável. É outra coisa. Por favor, Rê, vem pra cá agora.

Eu nunca tinha visto Clara tão nervosa desde que a conhecera, no primeiro dia da minha residência no hospital. Ela era enfermeira do pronto-atendimento e me acalmou depois de eu ter surtado quando vi uma criança com uma fratura exposta no braço. Àquela altura do campeonato, coisas daquele tipo não deviam me chocar, mas era uma criança, e vê-la chorar de dor partiu meu coração. Quase chorei junto. Por aquele motivo, a pediatria nunca tinha sido uma das minhas opções quando decidi ser médica.

Eu já tinha bem definido na minha cabeça que me especializaria em cirurgia plástica, mas a especialização viria só depois do quinto ano, então meus primeiros anos de residência foram muito complicados e difíceis. Clara tinha se tornado uma amiga muito especial, que me apoiava e me ensinava muito. Tem coisas que só aprendemos na raça, e não existiam professoras melhores que as enfermeiras, que lidam o tempo todo e diretamente com os pacientes.

Corri para o quarto a fim de trocar de roupa. Olhei para o despertador em cima do criado-mudo e me surpreendi com o horário: quase uma da manhã. Thiago ainda não tinha chegado, o que me deixou ainda mais preocupada. Será que tinha voltado para o hospital por causa de alguma emergência? Não parei para pensar em mais nada. Me apressei para me trocar e sair o mais rápido possível. Clara nunca me pediria para ir até lá se não fosse por um motivo realmente muito sério.

Cheguei trinta minutos depois, e Clara me esperava na entrada. Ela andava de um lado para o outro, olhando para o relógio como se pudesse apressar os ponteiros a cada conferida. Quando me viu, correu em minha direção, falando coisas que não consegui entender. Algo como: "Eles já chegaram, você tem pouco tempo, precisa correr para chegar antes que seja tarde".

— Clara, pelo amor de Deus! O que está acontecendo? — Parei no meio do corredor, me recusando a dar mais um passo antes de ela me explicar o que era.

Pela primeira vez percebi que o desespero não estava apenas em sua voz e em suas ações, mas dominava por completo o seu olhar. Lágrimas se formavam, e vi que ela travava uma batalha interna. Meu coração parou por um segundo, e uma sensação gelada tomou conta da minha espinha quando uma palavra me veio à mente: Thiago.

Balancei a cabeça, tentando lembrar o horário em que tínhamos nos falado pela última vez. Oito da noite... Não, já eram quase nove. Ele estava bem. Cansado, mas bem. Passaria no posto para comprar o meu sorvete e iria para casa, o que levaria no máximo meia hora. Mas eu saí de casa à uma da manhã e ele ainda não tinha chegado... Meu coração perdeu mais uma batida. Ele devia ter recebido uma ligação e voltado para o hospital... Mas Thiago teria me ligado para avisar... não teria?

Olhei para Clara, que naquele momento pareceu ler meus pensamentos. Quando ela sussurrou "eu sinto muito", tudo à minha volta escureceu e eu desabei.

Juntando os pedaços

TRÊS MESES DEPOIS

Regina

Subi as escadas ouvindo o choro abafado da minha filha, vindo do seu quarto. Já fazia três meses que Daniel havia morrido, e parecia que tinha levado toda a vida de Melissa com ele. Ela não saía do quarto para nada. Até suas refeições eram levadas pela Vera para que ela comesse no quarto — e muitas vezes voltavam intocadas para a cozinha. Ela dormia e chorava. Algumas vezes quebrava alguma coisa, outras ficava apenas sentada em silêncio, olhando pela janela, como se esperasse que Daniel aparecesse.

Eu sabia muito bem como ela se sentia. Havia passado por aquilo e ainda sentia a dor da perda do meu grande amor, Thiago, dois meses antes do nascimento dela. Lembro cada detalhe daquele dia: eu chegando ao hospital e encontrando Clara, o desmaio quando eu soube, mesmo antes de ela me contar, que havia acontecido algo com meu marido. Lembro de acordar e correr para a UTI onde ele estava, entubado, sendo mantido vivo pelos aparelhos. Lembro de implorar que ele não me deixasse, mesmo sabendo que não estava mais ali, pois já tinha tido morte cerebral. Lembro de ter assinado os papéis da doação de órgãos, de desligar os aparelhos, de ouvir o bipe parar de pulsar e se tornar uma linha contínua e infinita de dor e saudade.

Quando o pai da Mel morreu, levou consigo toda a minha felicidade. Nem quando ela nasceu eu consegui recuperar a alegria. Sempre que eu olhava para o rostinho dela, cada detalhe do nariz, dos olhos, a forma como sorria, tudo me lembrava ele. Conforme ela crescia e ia ficando ainda mais parecida com o pai, a dor ficava maior. Era insuportável, a ponto de eu me ver em uma encruzilhada: ou vivia ou morria de uma vez. E para viver eu precisava me afastar da dor, então mergulhei de cabeça no trabalho. Quanto mais eu trabalhava, menos tempo tinha para pensar no que havia perdido.

O que eu não entendia era que aquilo não estava me ajudando a superar a dor, mas me anestesiando, e o pior: me fazendo perder Thiago mais uma vez. Melissa era um pedaço dele que tinha ficado, um presente que ele tinha me deixado para que eu não me sentisse sozinha. Porém, em vez de cuidar dela, eu a abandonei. E todos os anos de falta de carinho, todas as palavras de desprezo que ela desferia, foram plantadas ali no seu coração, pelo abandono e solidão em que eu a deixei.

Agora ela estava ali, enterrada na mesma dor que eu senti, na mesma encruzilhada em que eu me encontrava anos antes, e eu definitivamente não deixaria que ela escolhesse o mesmo caminho que eu. Ela estava grávida, e aquela criança seria um sopro de esperança para nós duas. Seria a minha chance de fazer tudo certo dessa vez. Eu estaria ao lado dela, e nós enfrentaríamos tudo. Juntas.

— Filha, posso entrar? — pedi, depois de bater na porta e abri-la um pouco. A visão de Melissa ali, sentada na mesma poltrona, olhando pela janela com os olhos vermelhos de chorar, estraçalhou meu coração.

— Eu já disse que quero ficar sozinha. — Sua voz estava entrecortada pelo choro.

— Você falou, mas eu não aguento mais te ver aqui, presa neste quarto, sem comer direito, quase sem dormir. Você precisa sair um pouco, tomar sol, ver o mundo lá fora, filha.

— Que mundo? O meu mundo acabou! Foi enterrado naquele túmulo, onde está o meu coração. Eu não quero ver esse mundo sem cor que ficou lá fora. Eu quero o mundo colorido que o Dani me ensinou a ver, e que não existe sem ele.

Era dor demais. Ver minha filha ali, tão frágil e exposta, desabando na minha frente, era algo com o que eu não estava acostumada a lidar. Não existe nada pior que a dor de uma mãe que vê o filho sofrer. Ela se sente impotente por não poder aliviá-la, ou tomá-la para si, para sofrer no lugar dele.

Eu precisava, pela primeira vez, ser mãe da minha filha. Precisava dar a ela a força para sair do buraco negro da dor e do desespero que eu conhecia muito bem. Iria fazer isso por ela e pelo meu neto, que crescia no seu ventre.

Segurei suas mãos com delicadeza e a puxei para perto de mim, passando meu braço pelos seus ombros e a encaixando em um abraço.

— Filha, eu nunca conversei com você sobre a morte do seu pai, e acho que chegou a hora — comecei, falando baixo e pausadamente cada uma das palavras, como quem conta uma história para uma criança. — Ele tinha saído de um plantão e eu liguei pra pedir que me comprasse sorvete, usando a desculpa de que era desejo de grávida.

Parei por uns instantes e olhei para a janela, como se ela fosse uma tela onde eu via cada uma daquelas palavras ganhar vida e se transformar em um filme triste e trágico. Continuei:

— Eu tinha muito sono naquela época, coisa de mulher grávida, e acabei adormecendo no sofá. Foi quando uma ligação me fez acordar, pedindo que eu fosse imediatamente pro hospital onde nós dois fazíamos residência. Chegando lá, fiquei sabendo que ele tinha sofrido um acidente. Ele tinha parado no posto para comprar o sorvete, e, quando estava saindo de lá com a moto, um carro veio em alta velocidade, perdeu a direção e o atingiu em cheio, jogando o seu pai a metros de distância. — Parei, sentindo a dor daquelas lembranças encher meus olhos de lágrimas. Eu não podia perder o controle. Precisava ser forte. — A pancada foi tão violenta que partiu o capacete. O seu pai sofreu fraturas múltiplas no crânio e em várias partes do corpo. E acabou tendo morte cerebral.

Melissa continuou em silêncio, ouvindo atentamente cada uma das minhas palavras. Tentava controlar o choro, que não havia cessado ainda.

— Quando eu precisei assinar os papéis de autorização para que desligassem os aparelhos que o mantinham vivo, senti como se, mais uma vez, eu o estivesse matando. Quando digo mais uma vez, quero dizer que me sentia culpada por ele ter morrido. Afinal, ele só estava naquele posto porque eu pedi. A culpa e a dor eram como um punhal fincado no meu coração, e todos os dias eu sentia esse punhal cada vez mais fundo e impossível de ser removido. Quando você nasceu, cada vez que eu olhava para o seu rostinho e via como era parecida com o seu pai, mais eu me sentia culpada, então resolvi me afastar. Eu simplesmente não podia te olhar e correr o risco de você saber que, por minha causa, o seu pai não estava mais aqui, não poderia te ver crescer, não poderia estar do seu lado quando você precisasse.

— Não foi culpa sua. Foi um acidente. Ele estava no lugar errado, na hora errada — disse Melissa, me olhando nos olhos. Ela havia mudado, amadurecido, até envelhecido naqueles últimos meses. Era a primeira vez que eu realmente conseguia ver amor e compreensão em seu olhar.

— Hoje eu sei disso, filha. Mas na época eu realmente acreditava que era tudo minha culpa, e não conseguia lidar com aquilo. Então eu fiz uma escolha e me afastei de tudo o que me lembrava o motivo daquela dor que eu sentia, e me arrependo disso todos os dias. Agora estou aqui na sua frente, vendo você fazer a mesma escolha que eu, e não posso permitir.

Melissa seguiu me encarando por alguns momentos. Agora parecia com medo. Eu sabia bem o que ela estava pensando. Como poderia continuar vivendo se o grande amor da sua vida tinha morrido? Ainda mais ela, que nunca se permitira ser próxima de alguém. Era como um cristal que houvesse se partido e agora estava ali, sem saber como juntar os pedaços e se tornar inteira novamente. E, mesmo que conseguisse, nunca mais seria perfeita como antes.

— Alguns dias depois da morte do Daniel, a Helena esteve aqui e me deu isso. — Tirei um pequeno envelope do bolso e estendi em sua direção. — Falou que o Daniel entregou essa carta para ela depois do seu aniversário e a fez jurar que chegaria até você quando ele partisse.

Melissa pegou o envelope com tanto cuidado como se o próprio Daniel estivesse ali dentro. Quando viu a letra que desenhava seu nome e, ao lado, uma lua e uma estrela, não conseguiu controlar as lágrimas.

Ela abriu a carta, e pude perceber que, a cada palavra que lia, era como se um fio de esperança retornasse ao seu coração. Eu não sabia o que estava escrito, aquilo era só entre ela e seu grande amor. Mas tive certeza de que, onde quer que Daniel estivesse, ele ainda cuidava da minha filha.

Depois de alguns minutos em silêncio, olhando para aquelas palavras escritas com letras trêmulas, segurei seu queixo com carinho e a fiz olhar para mim. Senti que faltava apenas um pequeno impulso para que minha filha finalmente saísse do mar de profundo sofrimento no qual havia afundado.

— O Daniel não foi embora por completo. Ele deixou uma parte dele com você, e eu não estou falando só do filho que você carrega agora na barriga, mas do amor que ele plantou no seu coração. Ele te amou, filha. E isso nunca vai mudar. Esse bebezinho que está crescendo bem aqui... — falei, colocando a mão em sua barriga, que agora, no segundo trimestre de gravidez, já aparecia. — ... ele é uma mistura do seu amor pelo Daniel e do amor dele por você. É o presente que o Daniel deixou, pra que você se encha de vida toda vez que olhar pra essa criança.

No momento em que terminei de dizer aquelas palavras, senti um pequeno tremor sob a mão pousada na barriga de Melissa. Era o bebê se mexendo pela primeira vez. Ela me olhou, e depois de muito tempo em meses vi seu rosto se iluminar. Melissa estava sorrindo, e naquele momento eu tive certeza de que ela não faria a mesma escolha que eu. Ela escolhera viver.

Cotovelos na mesa

UM MÊS ANTES

Melissa

— Ei, olha pra mim — Daniel pediu, colocando a mão no meu queixo e me fazendo erguer o olhar.

Estávamos em frente à porta de entrada de sua casa esperando que um de nós tivesse coragem para abri-la e entrar, fingindo que nada estava acontecendo.

— Eles vão gostar de você. Tenho certeza disso — ele sussurrou, com um sorriso gentil.

Nada mais justo que eu conhecesse a família dele, já que Daniel tinha ido jantar em casa, praticamente me obrigando a apresentá-lo à minha mãe. O problema era que eu nunca havia conhecido a família de um namorado/ficante ou qualquer coisa do tipo. Não tinha ideia do que esperar, e, apesar de conhecer seus pais e sua irmã, ele havia crescido com muito mais gente ao seu redor. Havia tios, primos, avós... E todos faziam questão de me conhecer. Era como se quisessem ter certeza de que o seu "garotinho" não estava caindo nas garras de uma "doida psicopata".

— Eles só são um pouco... — Fez uma pausa, provavelmente tentando encontrar uma palavra não muito ofensiva. — Às vezes fazem perguntas demais — reformulou.

Assenti, fazendo o possível para parecer confiante. Perguntas demais, é? Eu esperava que não abordassem nenhum assunto constrangedor, ou que me desagradasse muito. Não que eu tivesse problemas para conversar sobre coisas de que eu não gostava, mas eu não era o tipo de pessoa que consegue disfarçar o desgosto muito bem.

— Estamos juntos nisso — continuou, entrelaçando os dedos nos meus. — Eu não vou desgrudar de você.

— Tudo bem. Vamos, antes que achem que estamos atrasados.

Ele abriu ainda mais o sorriso, vendo quão desconfortável eu estava. Era tão óbvio que queria acabar com toda aquela tensão o mais rápido possível?

Daniel não bateu na porta antes de abri-la, fazendo o que podia para evitar uma grande recepção. Ele sabia quanto eu odiava aquilo. Ter todas as atenções voltadas para mim, naquele caso, não era nada agradável.

Entramos juntos, em silêncio, ouvindo vozes vindas da sala de estar. Estava rolando uma discussão acalorada sobre uvas-passas e onde deveriam ser colocadas ou não. Ok. Superesperado. Nós nos entreolhamos antes de caminhar para lá. Ele provavelmente achou aquilo tão estranho quanto eu.

Eu já podia vê-lo abrindo a boca para fazer um comentário qualquer, chamando a atenção de todos, quando alguma coisa roçou no meu pé, me fazendo gritar e pular em cima dele.

— AI, MERDA! O que é isso?! — exclamei, me encolhendo contra ele.

Suspirei aliviada ao ver que era só um cachorro. Devia pertencer a alguém da... família. Ai. Subi o olhar para o lugar onde todos deveriam estar, e todos estavam nos encarando assustados. Minhas bochechas queimaram.

Pude ver Daniel mordendo o lábio, segurando o riso, enquanto eu me afastava um pouco, tentando me recompor.

Ótimo jeito de começar, Melissa. Está de parabéns. E o idiota ainda ria da minha cara, para ajudar. Vândalo desgraçado.

Passaram-se alguns segundos constrangedores, em que eu analisava todos, e todos me analisavam, tentando encontrar uma forma de iniciar uma apresentação sem mostrar constrangimento.

— Melissa! — Helena disse, se levantando de repente e abrindo os braços, vindo em minha direção para me cumprimentar. Eu a abracei, escondendo o rosto em seu cabelo, pensando se não poderia largá-la e sair correndo dali antes que fizesse mais alguma burrada. — Vejo que você não é muito fã de bichos, não é mesmo? — brincou, baixo o suficiente para que apenas eu ouvisse, e não pude deixar de sorrir.

— Desculpe — respondi, envergonhada. — Eu gosto, só me assustei quando senti passar pela minha perna. Me pegou de surpresa. — Dei um sorriso sem graça.

— Vocês chegaram! — disse alguém que eu não conhecia. Era uma mulher loira que devia ter a idade da minha mãe. — Nós estávamos só esperando vocês pra começarmos a pôr a mesa.

Ela tinha um sotaque que me parecia sulista. Aproximou-se de Daniel enquanto eu me afastava de Helena, e uma fila de pessoas começou a se formar atrás dela.

— Como vai o meu sobrinho lindo? — perguntou, colocando as mãos dos dois lados do rosto dele e beijando suas bochechas. Não pude deixar de achar graça nisso. Parecia uma criança.

— Oi, tia — ele cumprimentou, num tom baixo, visivelmente sem graça. — Esta aqui é a Melissa, minha namorada.

— Olá, minha querida! — Ela passou o olhar para mim, me puxando para um abraço. — É um prazer finalmente te conhecer, menina.

E assim se iniciou uma longa sessão de apresentações e excesso de proximidade física. Eu não estava acostumada a receber tantos abraços de uma só vez, mas fiz o que pude para não parecer tão tímida. Eles, por outro lado, não faziam o menor esforço. Eram todos tão receptivos que chegava a ser assustador.

— Vamos! Acho que estamos todos com fome, não? Podemos continuar a conversa na mesa — convidou Rita, a tia de Daniel.

Atravessamos a sala, passando pela escada que ficava no centro do andar térreo e, enquanto isso, perguntei ao Dani sobre o sotaque.

— Eu não sabia que a sua família era do Sul.

— Pois é — respondeu. — Eu nasci aqui, mas nós passamos tanto tempo indo de lá pra cá que teve até uma época em que eu peguei o sotaque.

— Eu daria qualquer coisa pra ver isso — comentei, e era verdade. Eu já o achava a coisa mais linda do mundo! Imagine se ainda falasse com aquele sotaque maravilhoso?!

Daniel sorriu, me guiando na direção da sala de jantar, onde nos sentamos ao redor da mesa. Todas as vinte cadeiras foram ocupadas, e só ali percebi quão grande era a família dele. Ao contrário da minha, que era composta só de minha mãe, Vera e eu. O jantar de apresentação de Daniel havia sido muito mais fácil.

Nós nos sentamos um ao lado do outro, com Helena em frente a Daniel e Márcia entre eles, na cabeceira da mesa. Do meu outro lado ficou a prima mais velha dele, Patrícia, e, à minha frente, Rita. Eu não tinha ideia dos nomes de metade das outras pessoas, então não dei muita importância às suas posições.

A avó paterna de Daniel, que estava na outra cabeceira, pegou o cachorro e o colocou no colo, murmurando algumas coisas enquanto ele lambia seu rosto.

— Esse é o Jack — sussurrou o vândalo para mim. — Minha vó o trata como um filho. É bem estranho às vezes.

— Quer dizer que você é a garota que roubou o coração do meu priminho? — perguntou Patrícia, antes que eu tivesse a chance de responder a ele.

— Espero que sim — respondi, orgulhosa.

— Bom, se saiu melhor que a Diana, não é? Ela tenta até hoje! — Patrícia brincou, e eu não sabia se deveria rir ou ficar constrangida.

Vi Daniel fuzilá-la com os olhos, se inclinando para a frente na cadeira para olhar além de mim, mas eu o cutuquei, pedindo que parasse. Ela não tinha dito nada de ruim sobre a minha pessoa, certo?

— Pobre menina. Ainda me pergunto por que o Daniel terminou com ela — comentou outra de suas tias.

Fiz o possível para disfarçar a expressão de surpresa, ao contrário do meu namorado. Será que ela havia notado minha presença ali?! Isso era o tipo de coisa a se dizer? Seria culpa do episódio com o cachorro? Péssimo jeito de começar.

— Mas o que...? — começou o vândalo.

— Vocês são tão inconvenientes... — Helena murmurou. — E então, como foi o fim de semana?

Precisei de um momento para recuperar a capacidade de raciocínio, ainda um pouco ofendida. Olhei para Daniel por apenas um segundo quando o senti bufar, visivelmente irritado. Peguei sua mão por baixo da mesa e a apertei, como um pedido para que se acalmasse.

— Foi bem legal — respondi, com um sorriso. — O Dani me levou pra Paulista e nós fomos ao MASP e ao Parque Trianon.

— Mas vocês foram fazer os exames dele, não foram? — perguntou Marcia, em tom preocupado.

Daniel tinha passado o fim de semana na minha casa. Tinha colocado na cabeça que queria fazer o máximo de coisas pelo menor tempo possível, enquanto podia aproveitar tudo sem precisar de muita ajuda. Ele estava vivendo como nunca, mas isso não significava que deixava de ter que cuidar de si mesmo. Ainda precisava fazer os tais exames, por mais que não gostasse.

— É claro que foram — disse um tio de Daniel. — Ele não está em *condições* de ser irresponsável com a saúde.

— Eu odeio essa palavra — murmurou meu namorado, antes de continuar. — Sim, nós fomos.

Algumas empregadas trouxeram panelas e bandejas com comida, e começamos a nos servir em silêncio.

Nunca pensei que aquele jantar seria assim. Imaginava que a família de Daniel fosse como ele, e que teríamos uma conversa de três horas sobre coisas mais simples, sem nos sentirmos desconfortáveis ou entediados. Mas, agora, acho que preferia toda a situação constrangedora do jantar que tivemos em minha casa.

O interessante foi que eles pareciam, sim, estar tendo uma boa conversa quando chegamos, e o clima ficou pesado de uma hora para outra. E eu sabia que não era por minha causa.

Pela forma como olhavam para Daniel e sua bengala, com a cara de enterro mais escancarada do mundo, eu conseguia supor com o que aquelas mentes estavam tão ocupadas. O que era uma pena, já que não havia nada que o aborrecesse mais que dar importância demais a sua doença. Pelo jeito, ninguém ali parecia se esforçar para fazer sua vontade.

— Muito bom! E o que os médicos têm dito? — questionou tia Rita (a única cujo nome eu lembrava).

— Eu vou continuar aqui pelos próximos anos. Não fique tão ansiosa pra se livrar de mim — brincou, e, apesar de eu ter achado graça, pela cara das outras pessoas na mesa (exceto Helena, que provavelmente concordava comigo), decidi que era melhor não rir.

— E as doses de Riluzol? Está tomando direitinho? — sua avó quis saber.

— Vamos parar de falar sobre isso? Por favor? — Daniel pediu, visivelmente contrariado.

— Ei, está tudo bem — sussurrei, e ele assentiu de forma quase imperceptível. Não me parecia muito convencido.

Eu o analisei por alguns segundos, vendo-o remexer a comida no prato sem dar sinal de que iria comê-la em algum momento.

Vê-lo sem apetite era algo com que eu já estava acostumada. Desde que o conheci, ele nunca parecia ter muita vontade de comer seja lá o que fosse, por mais que dissesse que gostava do prato. Dizia ser um efeito colateral do Riluzol, que ele passara a tomar algum tempo depois de descobrir que tinha esclerose lateral amiotrófica. Era a única coisa que podia frear um pouco o progresso da doença e prolongar sua vida por mais algum tempo.

Eu me mexi na cadeira, desconfortável. Só de pensar nisso, um arrepio percorria meu corpo.

— Agora me diz que você não está olhando pra mim e me enxergando como alguém que precisa de pena — ele disse, ainda encarando o prato, quando a família mudou de assunto.

É óbvio que eu não mentiria para ele, mas isso não queria dizer que falaria aquelas palavras em voz alta. Elas só piorariam tudo. Ainda mais sabendo que Daniel não entenderia que o que eu sentia não era pena, mas pesar. Por ele, é claro, mas também por mim mesma. Pesar e medo de tudo o que viria com os próximos meses ou anos.

— Ótimo! — continuou, num tom de sarcasmo misturado com irritação, quando viu que não receberia resposta.

Todos olharam para nós, se distraindo dos assuntos sobre os quais falavam. Ele tinha um sorriso irônico no rosto. Suspirei. Daniel sabia o que eu queria dizer com meu silêncio, e não gostava nem um pouco. Só que ele tinha que entender que meus sentimentos não eram algo que eu pudesse controlar. Aliás, devia entender isso melhor que qualquer outra pessoa. Era ele o romântico, o poético. Era ele quem fazia todos aqueles discursos sobre emoções. Não eu.

— O que houve?! — questionou Patrícia, já quase se levantando da cadeira para socorrê-lo caso algo estivesse acontecendo.

— Você está bem, meu querido? — perguntou Rita, preocupada. — Precisa de ajuda?

— Não, eu não estou bem — ele respondeu, em tom quase cortante. — Preciso muito de ajuda. Que tal vocês me levarem a um psicólogo ou ao hospital para um passeio? Quem sabe eles não encontraram a cura pra ELA milagrosamente, e eu posso ser a primeira cobaia humana? Sabe, eu adoraria que fizessem isso, e só estava respondendo todas aquelas coisas sobre estar bem antes porque eu sou extremamente orgulhoso e quero morrer sem ter que admitir que estou muito mal. — Fez uma pausa, deixando um silêncio carregado de tensão pairar pela sala. — Era isso que vocês queriam ouvir desde o início, não era?

— Dani... — Coloquei a mão em seu braço. Só quando percebi que não tinha o que dizer, voltei a fechar a boca. Qualquer coisa que eu dissesse só iria piorar tudo.

— Desculpe. Não foi a nossa intenção — desculpou-se Rita, constrangida, depois de algum tempo.

Todos voltaram a encarar seus pratos, sem abrir a boca para qualquer coisa que não fosse o garfo. Olhei para Helena, esperando ver algum tipo de conforto em seu olhar, e é claro que não me decepcionei.

— É sempre assim. Relaxa — sussurrou, apenas mexendo os lábios.

Quando Daniel disse que sua família fazia perguntas demais, pensei que fossem questionar sobre o nosso relacionamento, e não sobre a doença dele. Preferia mil vezes estar certa. Pelo menos poderíamos rir daquilo depois! Mas não era o caso, infelizmente.

— Helena, como vai a escola? — perguntou um dos primos, tentando puxar assunto.

A garota levantou as sobrancelhas, surpresa por finalmente darem alguma atenção a ela. Até aquele momento, haviam agido como se ela nem estivesse na mesa, assim como faziam comigo. Pobre Helena. Eu esperava que não fosse assim o tempo todo.

— Vai... Vai bem! — respondeu, feliz por perguntarem. — As minhas notas em biologia estão cada vez melhores, e também não sou ruim em exatas. Os meus amigos costumam dizer que...

— Conte mais sobre os seus amigos! — pediu a avó, interrompendo-a. Parecia ter chegado ao assunto do qual queriam saber mais desde o início.

— Bom, eles são bem legais. Não são muito parecidos comigo, mas a gente se dá muito bem.

— Haha, você deve gastar muito a sua mesada fazendo compras com as suas amigas, não é?

Pela cara que a garota fez, acho que não. Helena não era o tipo de garota que eu via andando no meio de um monte de garotas fazendo compras. Ela era mais desencanada com essas coisas, apesar de termos nos arrumado juntas no dia do baile. Eu havia escolhido tudo, e tomado toda a iniciativa. Era óbvio que não era o programa preferido dela.

— Eu não tenho muitas... amigas — disse, coçando a cabeça. — São mais amigos mesmo. E nós não curtimos shopping tanto assim. Preferimos ficar em algum lugar tranquilo, ouvindo música e conversando.

— Leninha, Leninha... Você tem que tomar cuidado com os rapazes. Nunca se sabe o que... — começou Patrícia.

— O que eles podem fazer? — ela interrompeu com um sorriso. — Ninguém vai me agarrar. Eles sabem que eu gosto de... — Passou o olhar para mim, fazendo uma pausa.

Gostava do quê? Por que ela tinha parado ao olhar para mim? Era algo que eu não deveria saber? Olhei para Daniel, procurando uma explicação silenciosa, mas ele encarava o prato com a mesma expressão irritada de antes, como se nem estivesse ouvindo o que dizíamos.

— Meninas — Helena prosseguiu, olhando para mim como se esperasse que eu tivesse alguma reação exagerada.

Não era algo que eu imaginasse, mas não fiquei muito surpresa. Que diferença fazia? Acho que Helena não lembrava que meus tempos de garota insuportável e "cabeça fechada" haviam passado. Pisquei para ela, como um sinal de que não ligava, e vi que ficou um pouco mais aliviada.

Durou apenas um segundo, já que um dos tios começou a ter um ataque de tosse exagerado, e a avó bateu na mesa com a mão que não segurava o cachorro, indignada.

— Menina! Isso é coisa que se diga na mesa? — repreendeu.

A garota franziu o cenho. Qual era o problema daquela gente? Não conseguiam ficar um minuto sequer sem arranjar confusão?! Jesus Cristo! Precisavam de uma terapia em grupo! Como é que Daniel podia ter vindo de uma família implicante como aquela?

— É — respondeu Helena. — Isso causa náusea em alguém? — Olhou em volta, fingindo estar curiosa. — Ânsia de vômito, dor de cabeça, tontura...? Não? Nada? Perfeito!

— Nós já conversamos sobre isso — contou Patrícia. — É só uma fase, vovó. Não se preocupe. É por causa dos... problemas pelos quais estamos passando.

Lena riu, sem acreditar no que estava ouvindo. Ai, ai... Aquele jantar estava bem mais animado do que eu esperava. Se soubesse, teria vestido uma roupa melhor, no estilo *Kill Bill*, e não aquele vestido preto todo florido e fofinho.

A garota abriu a boca para responder, mas, antes que tivesse a chance, Daniel se levantou, pegando a bengala apoiada na cadeira, e saiu da sala em silêncio. Meu coração se apertou. Ok. E o que eu ia fazer agora?

— Viram o que vocês fizeram?! — perguntou Helena, irritada, se levantando também. — Estão satisfeitos?! — Deu as costas para nós, caminhando alguns passos na direção em que Daniel havia ido, antes de parar novamente. — E, ah! "Fase" é o cacete.

Meu queixo caiu ao ouvir aquilo, e não pude deixar de sentir um pouco de orgulho em meio a toda aquela frustração e confusão.

Todos ficamos em choque por mais alguns segundos depois de os dois irmãos terem partido. E foi ali que eu entrei em um dilema: deveria deixá-los sozinhos para se entender, ficando à mesa com a família deles, sem saber o que fazer? Ou seria melhor ir até lá, correndo o risco de interrompê-los numa conversa "de irmã para irmão", parecendo não ter educação por deixar a mesa sem falar nada (que é o que eu provavelmente faria naquela ocasião)?

Meu dilema foi resolvido quando, por algum motivo, a tia de Daniel voltou a notar minha presença.

— Desculpe por tudo isso, Melissa — falou, e aí eu não aguentei.

Sorri com descrença, colocando o guardanapo em cima da mesa e me levantando, sentindo uma raiva estranha percorrer meu corpo.

— Não é pra mim que vocês devem pedir desculpa. — Senti evaporar o medo de ser mal-educada. Eles precisavam ouvir algumas verdades. — Vocês têm que pedir desculpa praqueles dois — continuei, apontando na direção da porta por onde haviam saído. — Porque são eles os que mais sofrem com essas perguntas babacas de vocês.

— Nós não tínhamos a intenção de magoá-los — justificou Patrícia.

— Porra, se não tinham a intenção, eu fico imaginando o que fariam se tivessem — retruquei. — Olha, aqueles dois não merecem isso, não! A Helena porque é uma garota ótima, e de quem ela gosta ou deixa de gostar não muda em nada quem ela é. Ela não escolheu isso. Nasceu assim e ponto-final. A garotinha que vocês tanto amaram durante todo esse tempo foi lésbica desde sempre. Faz alguma diferença ela admitir isso? Quer dizer... uma diferença nela, e não no comportamento preconceituoso de vocês? — Quando todos ficaram em silêncio, entendi a resposta. — Pois é, não. E quanto ao Daniel... não tenho nem palavras pra descrever como é errado o jeito que vocês falam com ele. O Dani não é criança, e, assim como o pai dele, que Deus o tenha, não tem nenhuma deficiência que prejudique a forma como ele pensa. Se ele diz que não quer falar sobre o assunto e que está bem, vocês têm que acreditar e fazer o que ele pede. Porque os únicos aqui que não estão bem são vocês, que vivem obcecados com esse assunto, como se a ELA tirasse toda a importância das outras coisas. — Fiz uma pausa. — O Daniel ainda está vivo, e vai continuar aqui por muito tempo. Viver em função da doença dele faz parecer que vocês estão tirando toda a vida que ele tem pela frente, e isso é a pior coisa que alguém poderia fazer.

Parei, respirando fundo. Queria recuperar o fôlego e dar um tempo para ver a reação deles. Foi igual à que tiveram ao ouvir o que Helena tinha a dizer, mas fiquei feliz por notar um pouco de compreensão em algum lugar de seus rostos.

Sentindo que deveria sair dali antes que tivessem a chance de pensar coisas piores sobre mim do que as que já deveriam estar pensando, pedi licença e fui em direção à escada.

Não precisei nem escolher o lugar em que os procuraria primeiro. Os dois estavam sentados na cama de Lena. Para minha surpresa, era ela quem parecia a mais abalada entre os dois, com a cabeça apoiada no ombro dele, secando as próprias lágrimas em silêncio enquanto ele murmurava alguma coisa.

— *Agora tanto faz, estamos indo de volta pra casa.* — Eu o ouvi cantar, e soube naquele momento que era a música "Por enquanto".

Decidi que não deveria ficar ali espionando os dois, e fui para o quarto dele esperá-lo, aproveitando aquele tempo para analisar melhor as pinturas em suas paredes.

Era tão lindo. Apesar dos vários elementos que não combinavam nem um pouco entre si, representando experiências pelas quais Daniel já havia passado, cada um daqueles desenhos conseguia completar o outro, como um tipo de galáxia enevoada toda colorida. Quando vi sapatilhas brancas pintadas em cima da porta, como se estivessem amarradas em alguma coisa para ficar penduradas ali, não pude deixar de sorrir. Aquele desenho ele não havia me mostrado.

Eu me aproximei da cômoda que ele usava para guardar as tintas e coisas do tipo, analisando o que havia em cima dela. Alguns livros de arte e um caderno de capa de couro.

Peguei o caderno, me encostando ao móvel para ver o que havia dentro. Se encontrasse um tipo de diário, é claro que devolveria sem ler qualquer coisa, mas felizmente não era. Estava preenchido com desenhos antigos, datados da época em que ele devia ter uns quinze ou dezesseis anos.

Havia muitos desenhos dele com Diana ali, mas, por incrível que pareça, não senti ciúme. Era como ver a imagem de outras pessoas, como se a história tivesse se passado com desconhecidos.

Vi animais, paisagens, pessoas que eu não conhecia e até a própria Helena, retratada como a criança alegre que devia ter sido. Isso me lembrou como seria difícil para ela. Aquela garotinha sorridente havia crescido e passado por coisas que muitos adultos nem sonhavam em passar. Sofria preconceito da parte da família, havia perdido o pai, e agora o irmão que ela tanto amava começava a viver a mesma história que George, lembrando à garota todas as perdas e coisas ruins que haviam passado conforme a doença avançava.

Mas ela era forte, e eu sabia que daria conta.

Só não tinha tanta certeza com relação a mim.

— Estou vendo que você encontrou alguma coisa interessante aí. — Ouvi alguém dizer, e reconheci a voz de Daniel.

Subi o olhar para ele, encostado no batente da porta Estava sorrindo, mas seus olhos eram tristes. e ele parecia um pouco cansado. Muito diferente de quando havíamos chegado ali.

Aproximou-se de mim depois de fechar a porta, encostando-se à cômoda a meu lado e pegando o caderno das minhas mãos. Me puxou para perto, para que pudéssemos vê-lo juntos, e a forma como suspirava de vez em quando ao ver alguns daqueles desenhos me fez pensar que não havia só lembranças boas ali.

— Naquela época eu pensava que algumas brigas com a Diana eram a pior coisa que podia acontecer — contou. — É claro que tinha toda a história do meu pai, mas... ele ainda me parecia invencível. E eu também.

Eu odiava esses momentos em que ele me contava como se sentia e eu não tinha ideia de como responder. Eu não era como ele, que sempre sabia o que dizer. Parecia que qualquer coisa que eu falasse seria errada e inapropriada. Por isso, decidi apenas abraçá-lo, enterrando a cabeça em seu pescoço. Ele manteve os braços na mesma posição, segurando o caderno, mas beijou minha cabeça com carinho.

— Eu não queria que tivesse terminado assim. — Ele se referia ao jantar em família. — Sinto muito.

— A culpa não foi sua. Você sabe disso.

Daniel suspirou, murmurando um "Eu sei" tão baixo que quase pensei que tivesse sido fruto da minha imaginação. Virou mais algumas páginas, encarando seus esboços em silêncio enquanto eu me mantinha abraçada a ele, aproveitando nossa proximidade o máximo possível.

— Ei, olha isso — disse, chamando minha atenção, e me afastei um pouco.

Daniel mostrou algumas páginas do caderno em que havia retratos rabiscados de várias pessoas. Assim como antes, algumas delas eu conhecia, e outras não. A diferença entre esses desenhos e os outros era que cada um estava pintado com tons de uma única cor. Cada pessoa tinha uma cor.

— Eu costumava ver o mundo com mais cores nessa idade — explicou. — Era tudo mais intenso e, ao mesmo tempo, mais suave. Não tinha tantos problemas e nem tantas responsabilidades. — Sorriu um pouco. — Mas eu só fui descobrir isso depois de crescer um pouco.

— E você pintava cada um com a cor que achava que mais os representava? – perguntei, curiosa, passando os dedos por um dos esboços, que era o de Helena. Ela estava desenhada em amarelo. Parecia ter uns dez anos ali.

— Alegria, otimismo e jovialidade — explicou, abrindo ainda mais o sorriso. — Era ela a luz da casa naquela época. Fazia o possível pra tirar o melhor de cada situação, ao contrário de mim.

Diana era rosa, e ele contou que, de acordo com o que sabia, aquela cor se referia ao amor e à inocência. Não pude deixar de concordar. Aquela garota era boa com todo mundo, e sempre nos tratava com o maior afeto. Apesar de ainda não gostar tanto assim dela.

Marcia era marrom, o que representava integridade e seriedade. Pelo que eu podia ver, ela era durona daquele jeito havia muito tempo. Eu a entendia. Era culpa das circunstâncias, e de tudo o que ela vivera até chegar ali, assim como foi comigo, infelizmente.

Já Daniel era azul. Serenidade, tranquilidade e harmonia.

Eu tinha que admitir que aquilo era mesmo a cara dele. Havíamos passado por dezenas de situações em que, em vez de explodir, ele decidira respirar fundo e agir com calma. Era sempre paciente, e tentava levar tudo da forma mais leve possível. Eu adorava isso nele.

— E eu? Seria de que cor? — perguntei, já imaginando que ganharia o vermelho por causa de toda a "intensidade".

— Branco — respondeu, gesticulando com a cabeça na direção das sapatilhas pintadas em cima da porta de entrada.

— Paz? — questionei, contrariada.

Balançou a cabeça, me olhando como se olha para uma criança inocente que não sabe o que fala. Fechou o caderno, colocando-o em cima da cômoda, e depois passou os braços ao redor da minha cintura, nos aproximando um pouco mais.

— Branco, nesse caso, é a junção de todas as cores — descreveu. — Pra mim, você é o arco-íris inteiro. Você é todas as cores possíveis e imagináveis. Eu não posso e nem quero te limitar a uma só.

Coloquei as mãos no seu rosto, abrindo o maior sorriso do mundo, antes de beijar sua bochecha.

— Você só fala essas coisas pra conseguir umas beijocas, né, mocinho? — brinquei, descendo as mãos até a base de seu pescoço.

— Talvez — respondeu. — Mas, nesse caso, é bem sério. Você já passou por tantas fases que é impossível dar mais importância a uma e ignorar as outras. Poderia ser vermelho, verde, laranja... Todas se encaixariam perfeitamente.

Eu o puxei para um beijo, sem saber exatamente o que deveria dizer. Era fácil amá-lo e admirá-lo. Difícil era expressar o tamanho disso em palavras.

Esse não era um problema que eu tinha só quando o assunto era Daniel, mas não ter ideia de como retribuir aquilo à altura me fazia sentir feito um saco de batata em nosso relacionamento.

— E por que você estava cantando aquela música pra Helena? — perguntei, ao me afastar. Não queria ser curiosa ao ponto de invadir sua privacidade, mas me pareceu tão incomum que não pude deixar de perguntar.

— Ah... aquilo. — Deu um sorriso discreto. — Eu canto essa música pra ela desde que a gente era pequeno. Ajuda a Helena a se acalmar, a ter esperança de que tudo vai ficar bem. — Deu de ombros. — Pra falar a verdade, eu acho que funciona mais pra mim do que pra ela, mas é uma tradição.

Daniel e sua mania de transformar coisas simples em momentos de extrema importância. Era tão fofo que chegava a deixá-lo irresistível. Pensar que, um dia, talvez (num futuro bem, bem distante), ele fosse cantar isso pros nossos filhos era algo que me deixava mais tranquila, por algum motivo. Era como convencer a mim mesma, de alguma forma, que teríamos, sim, um futuro juntos, e que ele ainda estaria ali para dizer aquelas palavras de conforto.

— E obrigado pelo que você disse lá embaixo — agradeceu, de repente.

— Você ouviu?

Ele assentiu, sorrindo um pouco. Assim como em todas as vezes anteriores, não pude deixar de notar o pesar em seus olhos. Havia algo de errado, e eu duvidava um pouco de que tivesse a ver só com o jantar.

— O que você tem, Dani?

— Pra falar a verdade, acho que nem eu mesmo sei — admitiu, sem jeito. — É que, nos últimos dias, eu não consigo deixar de olhar pras coisas e pensar que pode ser a última vez. E aí eu tento dar o máximo de mim pra aproveitar, pra fazer a diferença, e não pra me tornar só mais uma memória triste de alguém que viveu um dia. — Baixou a cabeça e, por um instante, pude ver o brilho de lágrimas em seus olhos azuis. — Eu tento ser o forte, o paciente, o esperançoso e o gentil, mas estou cansado. *Exausto*. E não tem nada que eu possa fazer com relação a isso, porque tudo o que consigo pensar é nessa voz na minha cabeça que diz que eu não vou ter que aguentar por muito mais tempo.

— Você sabe que não é assim — falei, obrigando-o a olhar para mim. — Sabe que ainda tem muito tempo, e que esse não é o fim da sua vida.

— Sim, eu sei. O meu pai viveu muito tempo, e eu entendo como tudo funciona, mas é outra coisa. Não sei explicar.

Fazia pouco tempo que Daniel havia perdido a capacidade de tocar, e provavelmente aquilo tinha a ver com essa perda. Era como se parte dele tivesse sido levada, e eu entendia como devia ser difícil, mas não queria que se sentisse assim.

— Vai ficar tudo bem, meu amor — sussurrei.

— Não, não vai — respondeu, se afastando até o meio do quarto, apoiado em sua bengala. — Porque eu vou morrer e a minha mãe e a minha irmã vão ficar aqui, e porque eu vou ter que deixar você, e eu não quero que ninguém sofra por minha causa. Eu amo tanto cada uma de vocês que é impossível me imaginar em qualquer lugar em que não estejam. Vocês são a minha vida. Uma das únicas partes alegres que existem nela. Mas isso só torna o resto mais doloroso. — Sua voz falhou, e ele desviou o olhar para que eu não o visse chorar. — A verdade é que eu estou com medo, Mel. Estou morrendo de medo. — Sentou na cama, colocando a cabeça entre as mãos. — Não quero ficar preso aqui, nesse corpo, mas não posso deixar vocês. Não quero morrer, mas também não quero simplesmente ver a vida passar diante dos meus olhos sem poder aproveitá-la. — Parecia cada vez mais difícil para ele pronunciar aquelas palavras. — E a cada dia fica mais difícil esquecer tudo e agir como se a minha doença fosse nada. A cada dia eu me sinto mais cansado, e mais triste.

Conforme Daniel falava, mais difícil ficava segurar as lágrimas. Vê-lo chorar doía mais do que qualquer coisa, e assisti-lo desabar daquela forma era devastador. Naquele momento ficou claro quão forte ele tinha sido durante aqueles meses, tentando parecer despreocupado quando, na verdade, estava apavorado.

— O Daniel de antes, forte e alegre, nunca vai voltar. Não importa quanto eu tente. E eu tento. Você não tem ideia de quanto. — Baixou a cabeça, se escondendo de mim mais uma vez. Sempre que estava prestes a dizer uma verdade dolorosa, ele fazia isso. — E agora eu só consigo pensar que prefiro partir antes de a imagem dele sumir a ficar aqui, parecendo fraco e doente, preso em mim mesmo, enquanto enfrento o meu pior medo. E eu sei que não devia falar assim — continuou. — Mas é o que eu sinto, e é a primeira vez que consigo dizer em voz alta.

Eu me sentei ao seu lado, puxando-o para um abraço, apertando os braços ao seu redor com toda a força, sentindo como se estivesse prestes a perdê-lo. A tristeza e a saudade me invadiram como nunca, e foi como se aquilo tivesse se tornado um tipo de despedida.

Se eu soubesse que o sentimento de que seria a última vez que ele veria alguma coisa estava certo, não teria simplesmente ficado quieta, abraçada a ele, esperando que se acalmasse.

Aquela foi a última chance que eu tive de me despedir dele podendo responder de alguma forma, e eu não aproveitei. Mas é sempre assim, não é? Nós nos arrependemos das coisas que não foram ditas só depois de pagarmos as consequências por isso. Tudo o que podemos fazer é aprender com esse erro e seguir em frente, esperando ter outras oportunidades para aproveitar, mas, no caso dele, eu não as tive. Nem um dia, uma semana, um mês ou uma vida depois. O que me restou foram lágrimas e palavras ditas para o silêncio.

Por um erro, acabei concretizando um dos maiores medos dele, que era não poder estar ali, ao nosso lado, para nos dar força nos momentos mais difíceis, e acho que nunca vou me perdoar por isso.

O presente

TREZE DIAS ANTES

Melissa

Tínhamos pegado um táxi do bar onde estava acontecendo a minha festa de aniversário até em casa, onde ele disse que estava minha última surpresa.

Tentei diversas vezes arrancar alguma informação dele, mas Daniel sabia muito bem como guardar um segredo e não me disse uma palavra. Em vez disso, tudo o que recebi foram alguns beijos na tentativa de me distrair, e até que foi uma boa troca.

Quando chegamos, Daniel me guiou para dentro da forma mais silenciosa possível, sem querer acordar minha mãe. Ele não acendeu uma luz sequer, aproveitando o brilho pálido da lua e dos postes de luz do lado de fora para enxergar o caminho.

Precisei ajudá-lo a subir as escadas até o segundo andar, mas, quando pensei que o que tinha para me mostrar estava em meu quarto, ele me surpreendeu dizendo que deveríamos enfrentar mais alguns degraus até o sótão.

Paramos diante da porta da minha sala de dança, e eu olhei para ele com certa confusão.

— Precisei de muita ajuda pra fazer isso em um dia — disse, encostando na porta, de frente para mim. — Ainda mais com essas escadas. Mas a Fê fez um bom trabalho te mantendo longe.

Semicerrei um pouco os olhos, e um sorriso discreto se formou em meus lábios, esperando que ele me mostrasse logo o que havia aprontado. Pelo modo como segurava a maçaneta, tentando criar uma expectativa que para mim já tinha ultrapassado a estratosfera, ele estava mais nervoso do que eu.

E, quando finalmente abriu a porta, se apertando contra ela para me dar passagem, eu soube o porquê.

Grande parte do sótão continuava igual, com exceção das velas e das flores no chão, e das estrelas prateadas penduradas no teto por fios transparentes, dando a impressão de que flutuavam.

A maior diferença estava no fundo do cômodo, nas enormes almofadas espalhadas elegantemente sobre tapetes coloridos, que davam a impressão de ser uma grande cama do outro lado da sala. Além do quadro pendurado na parede, o mesmo que Daniel havia me dado no último dia do acordo, quando ficamos juntos.

Dei alguns passos naquela direção, e meu sorriso se alargou ainda mais. Era a coisa mais linda que eu poderia imaginar, e, quanto mais olhava, mais gostava.

— Tem mais uma coisa! — ele acrescentou, me fazendo virar em sua direção.

Não pude deixar de rir ao vê-lo com o cachecol amarrado como se fosse um laço no pescoço. Bobão. Ele se aproximou depois de fechar a porta, com um sorriso travesso, deixando que eu o "desamarrasse".

— Adorei — falei, abraçando-o pela cintura. — É o presente mais lindo que eu já recebi.

— Eu ou a decoração nova? — questionou, levantando uma das sobrancelhas.

— Os dois. É o melhor aniversário que eu poderia pedir.

E era verdade. Depois de dezenove anos passando o dia trancada naquela sala, treinando até não aguentar mais, aquele aniversário chegava perto do que eu imaginava ser o paraíso. Ainda mais com alguém como Daniel ao meu lado, fazendo tudo aquilo só para me deixar feliz. Será que ele sabia que tê-lo comigo já era o suficiente?

— *I had a dream the other night about how we only get one life...* — ele cantou, tão baixo que quase pensei que fosse apenas uma lembrança. — *It woke me up right after two. I stayed awake and stared at you, so I wouldn't lose my mind.**

Ele largou a bengala, se inclinou em minha direção e encostou a testa na minha, pegando minha mão e entrelaçando os dedos nos meus, pousando a outra em minha cintura.

— *And I had the week that came from hell. And yes I know that you could tell, but you're like the net under the ledge. When I go flying off the edge, you go flying*

---

* "Eu tive um sonho uma noite dessas sobre como temos apenas uma vida... Ele me despertou logo depois das duas. Fiquei acordado e encarei você, para não perder a cabeça."

*off as well** — continuou, se balançando suavemente de um lado para o outro, como se estivéssemos dançando.

Eu me lembrava daquilo como se tivesse acontecido ontem. Foi a primeira música que Daniel cantou para mim, no dia em que fizemos o acordo e que ele me convenceu a confiar nele. Foi a melhor decisão que tomei em toda a minha vida. Já fazia oito meses.

— *You got something I need, in this world full of people there's one killing me.***

Fechei os olhos, tentando recriar em minha mente cada uma das sensações daquele dia, enquanto o ouvia sussurrar a letra para mim.

Eu me lembrava do perfume, da risada das pessoas ao nosso redor e de seu aperto forte, me segurando firme, como se ele soubesse que, quanto mais perto estivéssemos, melhor eu sentiria aquela alegria da qual ele falava.

— *And if we only live once, I wanna live with you...****

Assim que ele terminou, ficamos alguns segundos parados, em silêncio, apenas aproveitando a proximidade um do outro. Foi um dos poucos momentos em que eu senti que tudo estava no lugar, que não havia como ficar melhor.

— Você me fez ouvir a felicidade — Daniel sussurrou, me fazendo olhar para ele. — E acredite, Mel, fazia muito tempo que eu não a ouvia de verdade. Não tenho como agradecer por isso.

— Dani... — comecei, sentindo os olhos se encherem de lágrimas.

— Eu já sabia — continuou, quando viu que eu não teria muito mais a dizer. — De algum jeito, tinha certeza que isso aconteceria, por isso cantei pra você. Aquelas palavras eram verdadeiras. Ainda são. Eu quero viver com você durante todo o tempo que me resta.

Sorri em meio às lágrimas, que ele logo secou, e entrei naquele estado de felicidade plena que só Daniel conseguia me fazer alcançar.

— Eu te amo — falei. — Você não tem nem ideia do quanto.

Ele retribuiu o sorriso, colocando os lábios sobre os meus com gentileza, me beijando com todo o amor que tinha dentro de si, aquecendo o meu coração como sempre fazia.

---

* "E eu tive aquela semana do inferno. E, sim, eu sei que você percebeu, mas você é como a rede abaixo do precipício. Quando eu me jogo da beirada, você se joga também."

** "Você tem algo de que eu preciso, neste mundo cheio de gente tem uma pessoa me matando."

*** "E, se a gente só vive uma vez, eu quero viver com você..."

E foi ali que tive mais certeza do que nunca de que o nosso lar era nos braços um do outro, de que não havia lugar em que eu pudesse me sentir mais completa.

Não havia escuridão pela qual não pudéssemos passar, não havia distância que pudesse nos separar. Éramos parte um do outro e, não importava onde ele ou eu estivéssemos, sempre estaríamos juntos, porque Daniel tinha o meu coração, e eu, o dele. E esse era o melhor presente que eu poderia receber.

Última vez

DUAS SEMANAS DEPOIS

Daniel

Não sei o que aconteceu.

Estávamos no carro, todos juntos, quando algo dentro de mim parou de funcionar, e um clarão precedeu um escuro que parecia não poder ser vencido nem pela luz de um farol.

Esperei por um tempo até que ele cessasse, mas a luz não voltou, e imaginei que algo tivesse acontecido. Pensei até que pudesse estar morto, mas aquela dor não estaria ali se eu realmente estivesse morto, certo?

Foi quando voltei a ouvir, e inúmeras vozes encheram a minha mente, falando mais alto que os meus pensamentos. Médicos, minha mãe, minha irmã, Diana, meus amigos... Todos falando como se eu não pudesse ouvi-los. Será que não sabiam que eu podia?

Com o som, a visão voltou. Começou com um ponto de luz distante, que ficou cada vez maior e se transformou num tipo de holofote. Cerrei os olhos, esperando que toda aquela névoa se dispersasse e eu pudesse enxergar nitidamente.

Eu podia ver o teto do auditório da faculdade com apenas uma luz acesa. Sentei, notando só naquele momento que estava deitado em cima do palco.

Estava tudo escuro, e eu podia ver apenas a sombra das cadeiras vazias da plateia. Não havia ninguém ali além de mim.

Tentei chamar por alguém, mas não houve resposta, e pensei que pudesse estar no céu. Realmente, aquela não era a forma como eu o imaginava. Tão escuro, frio e solitário.

Pelo menos eu ainda tinha o meu banco. Ele estava embaixo do holofote. Olhei na direção da última fileira, procurando pela porta de saída. Quando notei que, no lugar onde deveria estar, havia apenas concreto, senti um pouco de medo. Não havia como ir embora.

Aquele lugar provavelmente era fruto da minha imaginação. Como não queria ficar preso no escuro dos meus olhos fechados, acabei criando um cenário inconscientemente para materializar aquilo que ouvia.

Conforme as vozes invadiam minha cabeça, elas tomavam a forma de pessoas em cima do palco, aparecendo de vez em quando do outro lado, intocáveis e distantes. Tentei alcançá-las. Não pense que não. Mas... havia algo que me impedia, como um bloqueio. Uma parede invisível no meio do caminho entre mim e elas.

Disseram algo sobre um acidente, e sobre um incidente. Palavras parecidas, mas com significados diferentes. A primeira tirou a minha alma. A segunda, o meu corpo. Reanimação, oxigênio e machucados. Eu queria que a distância entre aquelas palavras no dicionário fosse a mesma que tinham de mim agora. Infelizmente, não era.

Mas, entre todas aquelas notícias terríveis, coisas vazias ditas a esmo como se falassem com o nada e rostos familiares e desconhecidos, havia um diferente. Era o rosto dela. Melissa. Ela falava *comigo*. Sabia que eu estava lá, e eu ficava tão feliz por ela saber que ainda não a havia deixado que chegava a ser indescritível. Ela ainda tinha o meu amor, e eu ainda tinha suas palavras. Era a única de todas aquelas figuras que olhava para mim quando falava, em vez de falar para a plateia, num tipo de atuação, como os outros.

— Melissa. — Ouvi alguém chamar. Era a voz da enfermeira.

Fazia mesmo algum tempo que ela havia parado de falar, mas eu podia sentir uma pressão estranha sobre uma das pernas enquanto estava sentado no banco, e logo imaginei que fosse ela, fora da minha mente, na vida real. Devia ter caído no sono.

— Melissa, você está aqui há dois dias. Não come, não dorme direito...

Dois dias... Parecia um século. Mel não deveria estar ali havia tanto tempo. Precisava ir para casa. Alguém devia dizer isso a ela. Eu ainda estaria ali quando voltasse. Esperaria por ela. Sempre esperaria.

— Não, eu... eu estou na parte preferida dele — disse ela. Falava do livro que havia parado de ler para mim havia algum tempo.

Um holofote se acendeu para ela do outro lado do palco, e, por algum motivo, eu a imaginei com o mesmo vestido amarelo florido do dia em que fui atrás dela em Nova York. Estava linda, mas parecia cansada. Ah, se eu pudesse abraçá-la...

O lugar pareceu um pouco mais quente quando ela sorriu para mim, e imaginei que tivesse ajeitado os cobertores. Muito melhor.

— Eu menti para ela. Você sabe disso — falou, e estava certa. — Sabe que eu perdi o ponto em que paramos faz tempo. Não vai ficar bravo comigo por isso, né? — continuou, com um sorriso discreto.

É claro que eu não ficaria bravo. Como poderia? Ela ainda estava ali, depositando todas as esperanças em mim, mesmo sabendo que eu nunca sairia daquela cama, nem daquele auditório.

— Foi o que eu pensei — disse, mesmo depois de não ter uma resposta.

Senti algo na cabeça, como se fossem seus dedos se enrolando ao meu cabelo, e não pude deixar de colocar a mão ali. Aquilo era a coisa mais próxima que eu tinha de tocá-la. Sorri, mesmo sentindo a garganta apertar um pouco enquanto lágrimas enchiam meus olhos. Mal podia acreditar que ela ainda estava ali. Que ainda estava comigo.

— Tem uma coisa que estou querendo te contar faz alguns dias — ela anunciou, e juntei um pouco as sobrancelhas, dando alguns passos em direção ao limite que eu sabia que existia entre nós. — Uma coisa que eu descobri... há pouco tempo. Vai ser uma grande surpresa, então não adianta me encher de perguntas, porque eu não tenho nenhuma resposta pra elas.

Sorri, balançando a cabeça, me perguntando se ela tinha ideia de como eu gostava do jeito que falava comigo. Era quase como se eu tivesse mesmo algum jeito de responder. Como se sempre soubesse o que eu queria dizer.

— Não vou perguntar se você está pronto pra ouvir. Sua resposta sempre é "nasci pronto", então não adianta eu enrolar nessa... Tá, eu estou enrolando agora. Ok... Como vou contar isso?

Ela parecia inquieta, andando de um lado para o outro no palco até aquele momento. Chegava a estar um pouco encolhida.

Aproximou-se de mim, parando a poucos centímetros. Aquele era o limite dos dois. Algo dentro de mim se partiu quando pensei que, se ela estivesse mesmo ali, eu só precisaria esticar a mão uns dez centímetros para pegar a dela.

Melissa sorriu. O mesmo sorriso doce do final da apresentação, quando me entregou aquele papel dizendo que eu havia a ensinado a amar. Era um elogio e tanto, mas eu sabia que aquele não era mérito meu. Era todo dela. Tinha feito tudo sozinha, e saber disso me deixava extremamente orgulhoso.

— Você vai ser papai — sussurrou.

Senti meu coração acelerar. P... papai? Eu... Ela... Ok. Tudo bem. Aquilo queria dizer que... que nós íamos ter um bebê?

Um sorriso se abriu de repente, tão involuntário quanto as lágrimas que encheram meus olhos. Um filho. Essa era a última coisa que eu esperava ouvir, mas duvido que qualquer outra coisa fosse me deixar tão assustado e feliz ao mesmo tempo.

— Embora eu saiba que talvez você não tenha a chance de estar cem por cento quando ele chegar, tenho certeza que você vai ser o melhor pai do mundo. E realmente espero que ele, ou ela, seja igual a você, em toda a sua bondade e vontade de ajudar os outros, porque sei que isso não é uma coisa que eu vou poder ensinar. Esse trabalho vai ter que ficar por sua conta, ouviu, vândalo?

Coloquei a mão na parede invisível que havia entre nós, sentindo uma vontade enorme de puxá-la para perto, abraçá-la e dizer que sim, que eu faria isso com todo o prazer. E talvez a pior parte nem fosse saber que não poderia fazer isso, mas ouvir toda aquela esperança na voz dela. Eu nunca sairia dali. Nunca poderia ajudá-la, e nunca veria o rosto daquele bebê.

Não pude mais segurar as lágrimas.

Apesar de tudo, Melissa teria um pedaço de mim com ela. Teria algo para colocar sua força, assim como minha mãe e Helena. Aquele bebê daria a elas um motivo para continuar, e eu estava feliz por ter conseguido fazer essa última coisa por elas.

— Você sabe, não é? — perguntou, em meio ao choro que também havia tomado conta dela. — Você sabe que eu te amo, não sabe? Mais do que qualquer um neste mundo. E sabe que eu vou ficar ao seu lado até o fim.

— Eu sei — sussurrei. — Eu sei, meu amor.

Eu queria tanto poder secar as lágrimas dela... e queria que ouvisse aquela resposta. Queria que soubesse que eu ainda estava ali, mesmo que fosse por pouco tempo, e que entendia o que ela queria dizer.

— E eu sou muito grata por tudo o que você fez por mim nos últimos meses... Eu... — Fez uma pausa, e, pela forma com que disse as palavras seguintes, pude imaginá-la sorrindo. — Por que isso está parecendo uma despedida?

— Eu também estava reparando nisso — falei, secando as lágrimas, retribuindo o sorriso mesmo que ela não pudesse vê-lo. — Já quer se livrar de mim, srta. Garcia? — brinquei, tentando ignorar a mistura de sentimentos que tomava conta de mim.

Era sim uma despedida, e eu sabia disso, porque, depois que me contou sobre aquele bebê, eu soube que não havia mais nada que pudesse fazer ali. Não existia uma forma de voltar. Eu tinha cumprido minha missão: mostrar a ela que havia algo além. Que nem todo fim era definitivo, e que podia, sim, existir um recomeço.

E agora eu podia partir.

— Você sabe — sussurrou, colocando a mão no mesmo lugar em que estava a minha, do outro lado da parede. — Você sabe que está chegando, não é?

Assenti, e ouvir aquilo partiu meu coração mais uma vez. Eu não queria que ela sentisse que eu a estava deixando. Eu poderia até não estar com ela ali, mas isso não significava que não ficaria ao seu lado. Havíamos prometido um ao outro que ficaríamos juntos até o fim, certo? As lágrimas voltaram, e não fiz nenhum esforço para segurá-las. Eram tudo o que me restava.

— Eu só não quero que você sinta dor. E não quero que sofra, se obrigando a permanecer aqui só porque tem medo de nos magoar, porque não vai. Você... você foi a melhor coisa que aconteceu na nossa vida, e não haveria por que nos entristecer por causa disso.

Senti seus dedos em meu cabelo mais uma vez, e isso só fez doer ainda mais. Não teria muito mais tempo para senti-la tão perto. Em breve, teria só uma lembrança distante do que era o seu toque.

— E a última coisa que nós queremos é te ver sofrer. Por isso... por isso está tudo bem se você quiser ir embora.

Encostei a testa na parede, sentindo um tipo libertador de alívio, como se um peso enorme tivesse sido tirado dos meus ombros. Ela sabia que eu não queria magoá-las, mas eu não aguentaria ficar ali por muito mais tempo. Sabia que a última coisa que eu queria era fazer alguém sofrer, mas que precisava ir embora.

Mas eu não podia alcançá-la. Por mais que tentasse, nada podia me fazer atravessar aquela parede para poder abraçá-la o mais forte que conseguia, passando os dedos pelo seu cabelo enquanto tinha a cabeça apoiada em meu peito, como eu podia sentir que tinha agora. Meu Deus... queria tanto que pudesse me ouvir... mas não podia. Ela não podia me ouvir.

— Eu amo você — falei, tentando segurar o choro. — Eu amo *tanto* você...

— Nós vamos sempre lembrar de você — ela falou, e eu daria tudo para poder secar as lágrimas que desciam pelas suas bochechas. Olhava para mim como se fosse a última vez, e eu sabia que seria. — Sempre que chover, sempre que virmos alguém usando um cachecol vermelho e sempre que olharmos para o céu, lembrando dos seus lindos olhos azuis. Vamos lembrar de você a cada vez que ouvirmos uma música de uma banda que gosta e todas as vezes que alguém disser que nasceu pronto pra alguma coisa. E eu... E eu vou lembrar de você sempre que olhar pra ele. O melhor presente que você poderia me dar, e a maior lembrança que vamos ter de você, meu amor.

Fechei os olhos, me apertando ainda mais contra a parede. Se eu pudesse, iria até o fim do mundo para poder segurar aquele bebê no colo pelo menos uma vez. Já o amava de um jeito inexplicável. Ele era meu e dela. Era a prova e a lembrança de tudo o que tínhamos vivido.

— Você vai estar sempre no meu coração, e eu sempre vou te amar, como amo agora, porque prometi pra você que nós ficaríamos juntos até o fim. Mesmo que o fim não seja o mesmo pra nós dois, e mesmo que chegue em momentos diferentes, eu sei que você vai ter cumprido a sua promessa, assim como eu devo cumprir a minha.

— Eu ainda estou aqui — sussurrei, pois era o máximo que podia fazer. — Ainda amo você. Por favor... por favor... eu preciso que você saiba disso. Preciso que me ouça.

Era impossível pensar em deixá-la. Como eu conseguiria ficar sem aquele sorriso? Como poderia deixar de ver seus olhos brilhando quando dizia que me amava? Eu queria ter a chance de ficar com ela até o fim da nossa vida. Mas agora não podia alcançá-la. Ela estava mais distante do que jamais estivera. Eu a estava perdendo.

Pude senti-la beijar minha testa, e ficou ainda mais difícil respirar. Eu sabia que aquela seria a última vez que a sentiria. A última vez que estaríamos tão perto, apesar de estarmos tão longe.

— Eu... eu te amo — repeti, em meio às lágrimas. Estava ficando difícil respirar, e meu coração estava apertado.

— Eu te amo, Daniel Oliveira Lobos, e sempre vou amar. — Ouvi cada uma daquelas palavras com toda a atenção que podia, guardando-as em minha memória, com todas as provas de amor que ela havia me dado.

Tínhamos passado por coisas inacreditáveis durante todo aquele tempo, e agora ela teria que seguir sem mim. Mas eu estava feliz e orgulhoso por saber que ela conseguiria. Cuidaria daquele bebê com todo o carinho do mundo, e eu tinha certeza de que conseguiria fazer isso muito bem.

Só que, se havia algo que Melissa não sabia, era que eu achava que tinha aprendido mais do que ela durante aqueles meses. Foi aquela bailarina marrenta que me ajudou a entender tudo o que meu pai falava sobre o amor, e foi ela quem me mostrou que todos nós tínhamos mesmo uma chance. Ela me mostrou a esperança, e eu nunca teria como retribuir aquele favor.

— Até logo, Melissa Azevedo Garcia — falei, sorrindo um pouco.

Assim que pronunciei a última palavra, ela sumiu. Os dois holofotes se apagaram e eu fiquei no escuro. Mas não senti medo, pela primeira vez em muito tempo. Olhei em volta, ouvindo algo vindo do topo da escada, e pude ver a porta de saída, que não estava lá antes, começar a se abrir.

E então eu soube que tínhamos chegado ao fim, e que agora eu estava livre.

O farol

QUINZE ANOS DEPOIS

Melissa

— Você só precisa respirar fundo. Vai dar tudo certo — falei, segurando o rosto de Daniel com as duas mãos e sorrindo para ele de forma gentil.

— Eu sei que vai dar tudo certo, mãe — ele respondeu, com o olhar apreensivo. — É que... eu queria que ele estivesse aqui pra ver isso.

Daniel estava se preparando havia um bom tempo, e queria que tudo saísse perfeito. Eu sabia que ele conseguiria. Quando meu filho colocava algo na cabeça, nada podia detê-lo. Teimoso como eu, e talentoso como o pai.

Não era um dia muito feliz para nós: Dia dos Pais na escola. Era a primeira vez que ele criava coragem para participar da apresentação, já com quinze anos.

Eu mal podia acreditar que havia se passado tanto tempo. Ainda me lembrava do dia em que *ele* partiu como se tivesse sido ontem. Mas a dor havia cessado. Eu compreendera que era o que Daniel queria. Tinha sido o melhor para ele. Mas isso não mudava o fato de eu ainda amá-lo tanto quanto amava antes, e de sentir tanto a sua falta que parecia faltar um pedaço de mim. Na verdade faltava: um pedaço do meu coração.

— Ele vai ver — sussurrei, antes de beijar sua testa. — Agora vai lá se preparar. Boa sorte.

— Valeu. — Ele sorriu, todo nervoso, dando as costas para mim e descendo as escadas do auditório em direção ao palco.

Assim que o vi desaparecer entre as cortinas, saí mais uma vez. Fui encontrar os outros do lado de fora, para mostrar o caminho a eles.

Como a ocasião era extremamente incomum, já que, apesar do talento, Daniel era um garoto tímido que evitava plateias, eu havia chamado o máximo de conhecidos possível. Ver tantos rostos familiares o deixaria mais seguro. Ainda mais porque continuávamos todos muito próximos.

Cada um havia seguido com sua vida. Diana se casou e teve dois filhos. Helena morava com sua parceira havia uns cinco anos, e as duas estavam começando o processo de adoção de um garotinho de três. Ela se tornara uma grande neurologista, e tinha montado consultório numa região nobre de São Paulo. Continuava lutando por qualidade de vida para os portadores de ELA.

Marcia ainda dirigia a faculdade, mas estava mudada. Uma das únicas pessoas que conseguiam fazê-la sorrir agora era Daniel. Ela preferia se manter solitária, vivendo na companhia das lembranças do filho e do marido.

Fernanda não tinha se casado nem tido filhos. Tudo o que queria era curtir a vida. Sempre dizia que a vida de solteira combinava com ela. E eu tinha que concordar, pois minha amiga estava mais feliz do que nunca. Cada vez mais dedicada à sua carreira de "caça-talentos", e começava a ganhar reconhecimento.

Millah e Victor não haviam dado muito certo e se separaram dois anos depois do acidente. Apesar disso, continuavam amigos e ainda saíam juntos às vezes. Ela tinha sucumbido à pressão do curso de medicina e desistido da faculdade. Acabou ganhando um cargo modesto no consultório de Helena, como sua assistente. Já Victor tinha aberto uma loja de games — outro que fugiu completamente à expectativa dos tempos de faculdade.

Michael crescia cada vez mais no escritório de advocacia no qual trabalhava. Namorava a mesma garota havia dez anos, e eu costumava brincar que padre nenhum iria casá-los, já que a relação se tornara praticamente um incesto.

Quanto a mim? Bom... eu havia passado no teste para a Juilliard quando meu filho tinha dois anos. Me formei, entrei para uma grande companhia de dança, viajei o mundo inteiro e me apresentei nos teatros mais grandiosos. Alcancei o ideal de todas as bailarinas: viver da arte que eu tanto amava. Todos os meus sonhos tinham se realizado, e, por muito tempo, isso me pareceu o suficiente. Até eu amadurecer alguns anos e começar a sentir que não era mais a mesma.

Com trinta e três anos, voltei para o Brasil com minha mãe e meu filho. A partir dali, começamos uma jornada totalmente diferente.

Tive um ou dois relacionamentos nesses quinze anos, mas nada muito sério. Não conseguia sentir por ninguém o que senti por Daniel. Ele me completava, e os outros não conseguiam. Além do mais, eu me dei conta de que não precisava de um homem para fazer minha vida feliz.

Eu estava planejando abrir uma escola de dança, e tinha contatos e recomendações suficientes para saber que daria tudo certo. De resto, dedicava todo o tempo ao meu filho. Eu o amava mais do que qualquer coisa, e esse amor parecia crescer mais a cada dia.

Não era segredo que eu nunca fora a melhor pessoa do mundo, mas, por ele, eu havia tentado me tornar alguém melhor. Eu ensinava ao meu filho tudo o que o seu pai tinha me ensinado, e sempre contava suas histórias.

Quanto mais o tempo passava, mais parecido com o pai o garoto ficava. Apesar de ter a cor da pele e os cabelos iguais aos meus, ele tinha os olhos e o sorriso do pai. Sem falar no talento musical, que havia herdado de Daniel. A diferença entre os dois era a timidez do nosso filho, que o impedia de participar de qualquer projeto muito grande.

Outra diferença era que o nosso filho nunca soube desenhar. Na verdade, não sabia nem segurar um pincel, mas era apaixonado por fotografia.

Era um menino bom e educado, e fazia o possível para deixar todos felizes. Por outro lado, era teimoso como só eu poderia ser, e curioso até demais.

Eu poderia passar o dia inteiro descrevendo o meu filho. Daniel tinha tantas peças em seu "quebra-cabeça" que era impossível defini-lo com poucos adjetivos. Ele também era um arco-íris. Sempre foi.

— Mel! — Ouvi alguém chamar, em meio a todos os pais e parentes de alunos que eu não conhecia.

Sorri ao reconhecer Helena. Ela estava acompanhada do nosso velho grupo de amigos e de uma parte da nossa família.

Minha cunhada me cumprimentou com um abraço, e outros abraços vieram da fila que se formou atrás dela.

— Como está o Dani? Nervoso? — perguntou, empolgada, esfregando as mãos em frente ao peito.

— Muito. É a primeira vez que ele sobe no palco — respondi, sentindo o estômago revirar.

— Vai dar tudo certo, Melzinha — Fernanda me confortou, passando um braço por cima dos meus ombros. — Eu trouxe até os lencinhos.

Sorri, pensando que, mesmo depois de tantos anos, ela não havia mudado nada. Mas eu gostava disso. Me fazia lembrar dos velhos tempos, e de como nós éramos quando jovens.

— É do meu neto que estamos falando. É claro que vai ser tudo perfeito — Regina decretou, me olhando com doçura, antes de eu anunciar que precisávamos ir.

Entramos no auditório e nos sentamos lado a lado na quinta fileira. Fiquei entre Helena e Fernanda, que brincou que adoraria me ver no papel de mãe babona pelo menos uma vez. Apesar de viver grudada com Daniel, eu não era o tipo de pessoa que costuma demonstrar os sentimentos assim, para todo mundo ver. E isso vinha piorando um pouco com o passar do tempo. Ainda mais depois do que aconteceu.

As luzes se apagaram, e todos nós nos mexemos entusiasmados em nossas poltronas. Eu esperava que Dani estivesse na frente, e não como um adereço no fundo do palco. Que mãe não queria ver seu filho em um lugar de destaque?

Helena pegou minha mão, e, quando olhei para ela, me lançou um sorriso encorajador. Era disso que eu precisava para me acalmar um pouco. É que... era a primeira vez que o veria naquela situação. O pai dele sempre gostara de se apresentar, e era muito bom nisso. Era quase como se eu sentisse que teria a chance de vê-lo mais uma vez.

Como esperado, Daniel não participou das apresentações das crianças. Óbvio. Ele não se vestiria de abelha para cantar alguma música infantil. Mas até que ficaria fofo com aquelas anteninhas... Jesus. Eu precisava lembrar que meu filho já estava com quinze anos, não cinco.

Assistimos atentamente às apresentações dos anos anteriores ao dele. Enquanto eu via aquelas crianças cada vez maiores dando lugar aos adolescentes, não conseguia deixar de pensar em como ele havia crescido. Anos e anos se passaram, assim como Natais e aniversários. Até os seis anos ele sempre pedia o mesmo presente: uma viagem para o céu, para onde o pai havia ido. Nessas ocasiões, especialmente, eu imaginava quanto tudo seria diferente se aquele acidente não tivesse acontecido. Meu filho pediria brinquedos em vez do pai, e eu daria a ele a felicidade em vez de desculpas vazias.

A partir dos seis anos, foram os Dias dos Pais que ficaram difíceis. Começaram as perguntas. Depois, elas deram lugar a comentários cheios de pesar, até que tudo se resumiu a olhares tristes para um canto qualquer.

Anunciaram a apresentação de um aluno do primeiro ano, e eu soube que a vez dele havia chegado.

Daniel entrou no palco com um violão nas costas. Ele não usava nenhum figurino especial, como os outros que vieram antes. Estava do mesmo jeito que chegara: calça jeans, camiseta azul e um grande cachecol vermelho no pescoço, que tinha sido o preferido do pai e que eu tinha guardado para dar de presente ao nosso filho quando ele pudesse entender o significado daquela peça.

O meu menino parecia nervoso, e a cabeça estava baixa enquanto caminhava na direção do centro do palco, onde alguém havia colocado um pedestal com um microfone. Dava para ver suas mãos tremendo um pouco quando ajeitou a altura da haste.

— Oi — ele disse, finalmente, depois de respirar fundo. — Boa noite.

— Boa noite — a plateia respondeu, enquanto eu só ficava ali quieta, olhando para ele com um sorriso bobo de mãe orgulhosa. Nem precisava ter dito nada. Se tivesse subido no palco e ficado em silêncio, eu olharia para ele do mesmo jeito.

— Ok. Eu não faço ideia de como começar, porque esqueci o início do texto — admitiu, com um sorriso sem graça. — Mas eu posso dar um jeito. Nada como o bom e velho improviso. — Fez mais uma pausa, respirando fundo mais uma vez.

Seria questão de tempo até ele criar confiança e ficar mais confortável. Por enquanto, a situação ainda era um pouco inquietante. Tanto para ele quanto para mim.

— Relaxa — Helena sussurrou, e eu assenti, notando naquele momento que eu estava prendendo a respiração.

— Como vocês sabem, ou deveriam saber, eu acho, hoje é a festa de comemoração do Dia dos Pais — começou. — É por isso que a maioria está aqui: pra assistir aos filhos ou homenagear os pais. Dizer e ouvir obrigado por todas as broncas, todos os presentes, todos os beijos e abraços recebidos nos dias, meses e anos que se passaram. Relembrar os momentos bons e os ruins, e ficar felizes por ter a chance de chegar até aqui juntos, mesmo depois de tudo.

Baixei a cabeça, grudando o olhar na bolsa em meu colo. Eu sabia muito bem aonde aquilo ia chegar, e com certeza não seria fácil de assistir. Provavelmente, também era difícil de falar. Mas o meu garoto estava indo bem. Assim como havia feito durante todos esses anos.

Sempre que eu lhe contava uma história ou mostrava alguma coisa que tinha pertencido a seu pai, Daniel era receptivo. Abria enormes sorrisos e me olhava daquele jeito curioso de quem quer saber tudo de uma só vez. Quanto mais detalhes conhecesse, mais perto ele se sentiria do pai. Era isso o que ele dizia. O problema é que não há luz sem a escuridão. Não existe amor sem ódio, nem alegria sem tristeza. E nós não éramos exceção. A nostalgia melancólica e a saudade interminável pairavam no ar assim que o silêncio tomava o lugar da conversa, e, então, Daniel se tornava a lembrança e a história mais alegre e mais triste que tínhamos. Uma lembrança que, para o pequeno Dani, era vazia.

— Como eu disse antes, a maioria de vocês está aqui por isso. Mas eu não. Eu não tive esses momentos. Não tive as broncas, os presentes, os beijos nem os abraços do meu pai, porque ele morreu antes de eu nascer. O nome dele era Daniel também, e era um cara incrível. Um cara daqueles que vocês teriam sorte de conhecer. — O mesmo sorriso tímido de antes voltou ao seu rosto, mas, dessa vez, era claro que estava acompanhado de tristeza. — Bom, eu sou filho dele, e não tive essa sorte. Tudo o que eu tenho e sempre tive foram fotos, vídeos, histórias e coisas dele pra, de alguma forma, tentar construir a imagem de alguém parecido na minha mente. Não é exatamente fácil, mas, do jeito que a minha família fala dele, fica quase impossível não entender o porquê de ele ser tão amado.

Pisquei algumas vezes, tentando segurar as lágrimas que começavam a encher meus olhos. Por Deus. Será que um dia ficaria mais fácil lidar com aquela perda? Será que um dia aquele amor todo diminuiria e tornaria mais suportável ouvir as palavras de Daniel? Eu tinha certeza que não.

— A parte boa é que, mesmo não o tendo conhecido, eu ainda sinto aquela coisa que todos os filhos sentem quando olham pros pais. Durante toda a minha vida, mesmo que ela não tenha sido muito longa, eu aprendi a amar essa imagem distante do pai que eu deveria ter. Aliás, que eu *tenho*. — Ele olhou na minha direção, como se, por um momento, estivesse falando só para mim. — Ele devia ser muito incrível, porque, mesmo com tudo isso, ainda é uma das pessoas que eu mais admiro no mundo. E eu espero ser parecido com ele.

— Você é — sussurrei, não conseguindo mais segurar o choro.

— Que bom — ele respondeu, e todo o pesar em seu olhar deu um pouco de espaço para a alegria. — Isso é mérito seu, sabia?

Balancei a cabeça. Não era. Aquilo tinha vindo com ele, e ponto-final. Daniel voltou a olhar para a plateia, e eu ouvi Helena fungar ao meu lado, secando o rosto com um lenço de papel.

— Enfim... eu não estou aqui pra contar uma história triste. Ele não era triste. Ele era a alegria e o amor. E eu sei que foi isso que a minha mãe se esforçou pra me mostrar durante esses quinze anos. A questão é que ela nem precisava ter feito isso, porque, de alguma forma inacreditável, eu consigo sentir quanto ele me amaria se estivesse aqui, e quanto estaria orgulhoso dela por tudo o que fez por mim.

Ficou alguns segundos em silêncio, provavelmente tentando achar uma forma de dizer o que viria a seguir, e eu usei aquele tempo para me recuperar um pouco. Ouvir do meu filho que ele sabia que Daniel estaria orgulhoso de mim era... incrível. Me fazia sentir completa mais uma vez. A forma como ele disse tudo isso o trouxe de volta para mim, mesmo que por alguns instantes.

— Mas o que eu queria mostrar aqui não é como eu estou sofrendo pela ausência dele — continuou. — O que eu queria era aproveitar essa chance, quando eu sei que ele está me vendo, pra dizer que, mesmo que ele esteja em algum lugar que eu desconheço, eu ainda consigo amá-lo tanto quanto amaria se ele estivesse aqui. E eu não poderia estar mais feliz por ser filho dele. Eu... eu tenho muita sorte, e quero que ele saiba disso. Então, vou tentar mostrar isso da melhor forma possível.

Daniel tirou o violão do ombro e se posicionou para tocar, engolindo em seco enquanto a luz diminuía um pouco, e eu fiquei inquieta mais uma vez. Ele iria cantar? Ok... Respire fundo. Tudo vai dar certo.

Assim que tocou as primeiras notas, eu soube qual era a música, e Helena desabou a meu lado. Daniel se aproximou mais do microfone, franzindo o cenho.

— *Mudaram as estações e nada mudou...*

A cada verso que ele cantava, mais eu conseguia ver Daniel ali, no lugar dele. No palco, tocando e cantando, ele se parecia tanto com o pai que chegava a ser inacreditável. Aquele sorriso e aquela postura me faziam lembrar o tamanho da falta que eu sentia, e quanto queria que nosso filho estivesse certo quando disse que sabia que ele o estava assistindo.

— *Mas nada vai conseguir mudar o que ficou. Quando penso em alguém, só penso em você, e aí então estamos bem.*

Eu me lembrava de ter pensado que um dia Daniel cantaria essa mesma música para os nossos filhos como uma forma de dar esperanças a eles. Era um tipo de conforto para o meu coração inquieto, que queria muito acreditar que nós poderíamos ter um futuro. Agora, com o nosso filho cantando para nós, transmitindo a mesma confiança que eu sonhava receber novamente de Dani, eu me sentia estranhamente surpresa.

Era o meu filho quem estava me dando esperanças, e não o contrário.

Ele estava me dizendo, na verdade, que o passado era passado, e que tínhamos que olhar para a frente. Devíamos nos agarrar às lembranças boas, e não aos sentimentos ruins. Daniel sempre estaria em nosso coração, e a sua lembrança estaria presente para nos dar força, e não para nos fazer sofrer. Era isso o que ele queria.

Assim como o nosso filho tinha dito no palco, Daniel era a alegria e o amor. Ele quis nos ensinar a ter esperança no próximo, e sabia que todos merecemos uma chance. É difícil pensar assim, eu sei. Nunca disse que era fácil. O importante, porém, é saber que a mudança está dentro de nós, e que às vezes só precisamos de alguém que tenha fé no que nós somos. Não importa se esse alguém vive da mesma forma que Daniel viveu ou não. O que importa é que essa pessoa nos enxergue como ele me viu: como alguém que é mais do que aparenta. Alguém que precisa de ajuda, e que merece ser ouvido.

Não sei se ele sabe disso, mas tem uma coisa que Daniel me ensinou durante todo esse tempo, talvez sem saber: é que todos nós temos um pouco dele dentro de nós. E não precisamos de um cachecol vermelho para mostrar isso. Não precisamos ser iguais a ele. Esse amor, essa esperança e essa bondade que transbordavam nele não eram algo exclusivo. São coisas que todos nós carregamos, e que não precisam de um motivo especial para serem mostradas.

Espero que ele esteja orgulhoso de si mesmo, porque eu estou. E eu só queria que ele soubesse quanto eu o amo, e quanto sou grata por ter me mostrado o mundo com tantas cores. Essa é a melhor lembrança que Daniel poderia ter me deixado.

O que me resta agora é seguir em frente com toda a força que ele me ensinou a ter, carregando-o sempre no coração, sem nunca me esquecer de que ele sempre vai ser o meu vândalo.

— *Estamos indo de volta pra casa.*

A carta

Para Melissa

Acordei agora há pouco. A luz do sol transpassa as grandes janelas do sótão, batendo nos espelhos e nas estrelas penduradas no teto, se espalhando como fachos coloridos pelo ambiente. Fazia tempo que eu não dormia tão bem, e ainda sinto a sonolência adormecendo meus sentidos.

Olhei para o lado e vi seus cachos negros espalhados pelas almofadas. Você ressona levemente, como uma melodia hipnótica. Sua pele e seu cheiro espantam por completo o meu sono, despertando o desejo quase incontrolável de te acordar e te tomar nos meus braços. Se você pudesse sentir o amor e o desejo que invadem o meu coração neste momento...

Juntei todas as forças que consegui e me levantei. Sentia uma necessidade estranha de transformar em palavras o turbilhão de sentimentos que carrego no coração. Enquanto escrevo esta carta, olho para você e penso que sou o cara mais sortudo do mundo por você ter cruzado o meu caminho naquela noite de Ano-Novo.

Um dia você me perguntou se eu acreditava que nós estávamos destinados a nos encontrar. Eu sempre acreditei nisso, mas, até pouco tempo atrás, não conseguia entender o motivo. No início pensei que fosse por você, mas me dei conta de quanto eu estava errado. Ontem, depois de ter você completamente entregue em meus braços, senti aquele clique que a gente ouve quando as peças desse imenso quebra-cabeça chamado vida se encaixam perfeitamente e formam uma imagem que parece confusa em um primeiro momento, mas que em um segundo passa a fazer todo o sentido do mundo.

Quando te encontrei, naquela noite, você tinha o olhar mais triste que eu já tinha visto, e aquela não era a primeira vez que eu via aquele olhar. Não te contei antes, mas eu já tinha visto você na faculdade, e o seu olhar de garota perdida me chamou a atenção. Acho que eu nunca tinha me identificado tanto com alguém.

Passei grande parte dos últimos meses sendo uma fortaleza para todo mundo, sempre respondendo com o "estou muito bem" que todos queriam e precisavam ouvir, mas só Deus sabe quanto tudo aquilo era mentira. Eu queria desabar, queria gritar de raiva e extravasar toda a dor que eu guardava no peito, mas não há dor maior para mim do que ver aqueles que eu amo sofrendo por minha causa, então, como você, eu me escondi atrás de uma muralha. A sua era de desprezo; a minha era de tristeza disfarçada de felicidade. Engraçado como essa muralha pode nos proteger e ao mesmo tempo nos encarcerar, como uma prisão.

Durante boa parte desses últimos dois anos, tentei controlar tudo o que acontecia ao meu redor, como se isso pudesse conter o avanço da minha doença. Mas me dei conta de que na verdade eu queria controlar a vida. Só que não podemos controlá-la. Ela não foi feita para isso. Podemos escolher os caminhos que seguimos e as decisões que tomamos, e a forma como vamos encarar os obstáculos que se colocarem em nosso caminho. Mas, no fim, o que vale, de verdade, é como enfrentamos tudo. Não é a forma como a vida se apresenta à nossa frente que importa, mas como nós nos permitimos vivê-la. Vamos ser felizes e superar as adversidades com esperança, ou vamos ser infelizes e nos entregar à derrota? Eu escolhi lutar e ser feliz, vivendo um dia após o outro, aproveitando cada momento.

E é isso que eu quero que você faça também, quando eu não puder mais estar ao seu lado. Quero que você se permita viver e aproveite cada minuto como se fosse o último. Quero que consiga aquela vaga na Juilliard com a qual você sempre sonhou, não importa quando ou como. Se tem alguém que pode conseguir isso é você, minha bailarina quase insuportável. E por último eu quero... Não, eu espero que você continue ouvindo a felicidade, como naquele dia na faculdade.

Eu te amo, Melissa, e esse sentimento nunca vai acabar, nem quando o meu corpo parar de me obedecer, nem quando o meu coração não puder mais bater. Eu sempre estarei com você, dentro do seu coração.

Obrigado por me fazer voltar a enxergar a vida em cores.

Para sempre seu,
Vândalo

Agradecimentos

Pensei em várias maneiras como eu poderia fazer meus agradecimentos. Poderia agradecer a família, amigos, editores, parceiros, minhas leitoras beta amadas, só que toda essa gratidão eu já carrego em meu peito, e isso nunca vai mudar. Em todos os meus livros, sempre existiram pessoas especiais que fizeram parte do processo, e devo a elas cada vitória.

Dessa vez, quero agradecer a duas pessoas em particular. Vocês podem até achar que eu sou louca, e talvez seja mesmo, mas preciso deixar registrada aqui minha gratidão à Melissa e ao Daniel. Dois personagens que me ensinaram muito sobre a vida, sobre como encarar os obstáculos que aparecerem em meu caminho e, principalmente, como tratar as pessoas.

Quando escrevi *O garoto do cachecol vermelho*, aprendi muito com as transformações que nosso querido Dani-Dani provocou na vida de Melissa. Ele é tão especial, não é mesmo? Sempre vivendo de maneira plena, tratando todos com carinho e respeito, estendendo a mão para quem precisa. Como continuar enxergando a vida do mesmo modo depois de conhecer alguém tão especial? Impossível! E daí veio a ação em prol da ABrELA, pois senti em meu coração que precisava fazer mais pelos outros e, graças a vocês, meus anjinhos, consegui ajudar um pouco essa associação que auxilia tantas pessoas. Obrigada por me ajudarem a fazer isso!

Agora, com *A garota das sapatilhas brancas*, aprendi ainda mais com as transformações que, pasmem, Melissa provocou na vida de Daniel! Quando estendemos a mão para o outro, não é só a vida dele que mudamos; a nossa também sofre mudanças profundas, nossa alma fica mais leve, nosso coração mais cheio de amor, nossa vida ganha novas cores. Arrisco dizer que ganhamos mais ao ajudar uma pessoa do que ela ao ser ajudada.

E eu ganhei muito nesses dois anos em que tive o privilégio de viver acompanhada desses dois personagens. Eles me deram tantas coisas maravilhosas, me presentearam com novos anjinhos especiais e mudaram de verdade a minha vida e a minha alma. E sou muito grata por isso.

A vocês, meus leitores, meus anjinhos, deixo minha gratidão também. Obrigada por sempre me acompanharem e me tratarem com tanto respeito e carinho. Obrigada por abrirem o coração para a história desses dois personagens, por me ajudarem a ajudar a ABrELA. Se puderem continuem ajudando, eles precisam muito.

Deixo aqui o meu desejo de que esta nova visão da história toque vocês tanto quanto a primeira, que leve cores mais brilhantes à vida de todos e aqueça o coração de cada um como um lindo cachecol vermelho.

Mais uma vez, obrigada por sonharem as minhas histórias comigo!

Beijos,
Ana Bia

OBRIGADA POR CONTRIBUIR PARA O INSTITUTO PAULO GONTIJO E A ARELA!

Com muita alegria informo que parte dos direitos autorais deste livro será doada para instituições ligadas à esclerose lateral amiotrófica (ELA). As doações, que contam com o apoio da Verus Editora e do Grupo Editorial Record, irão para o Instituto Paulo Gontijo e a Associação Regional de Esclerose Lateral Amiotrófica (ARELA-RS).

Os leitores de *O garoto do cachecol vermelho* continuam contribuindo para a Associação Brasileira de Esclerose Lateral Amiotrófica (ABrELA).

Obrigada mais uma vez, anjinhos, por terem adquirido este lançamento e assim fazerem parte desse grande projeto que é unir a minha literatura a causas sociais importantes.

Juntos podemos melhorar a vida de quem sofre tanto com essa doença devastadora. Quando estendemos a mão para quem precisa, também ajudamos a nós mesmos.

Um beijo cheio de gratidão,
Ana Beatriz Brandão

SOBRE O INSTITUTO PAULO GONTIJO

O Instituto Paulo Gontijo é uma organização privada e sem fins lucrativos que incentiva e promove pesquisas científicas que aumentem o nível de conhecimento, diagnóstico e cura da ELA. Também desenvolve ações para a humanização do atendimento aos pacientes e familiares, a fim de fortalecer políticas públicas de saúde e a melhoria da qualidade de vida. Para mais informações, acesse www.ipg.org.br

SOBRE A ARELA-RS

A Associação Regional de Esclerose Lateral Amiotrófica (ARELA-RS) existe desde 2005 para ajudar pacientes, familiares, cuidadores e profissionais envolvidos com a ELA. A associação, localizada em Porto Alegre, tem como missão integrar, assistir, orientar, informar e apoiar de forma gratuita, no estado do Rio Grande do Sul, portadores de doenças do neurônio motor (DNM), como ELA, a fim de contribuir para a melhoria da qualidade de vida desses pacientes, suas famílias e cuidadores. Para mais informações, acesse www.arela-rs.org.br

Impresso no Brasil pelo Sistema Cameron da Divisão Gráfica da
DISTRIBUIDORA RECORD DE SERVIÇOS DE IMPRENSA S.A.